傷ついたマリア

片岡津代さんの祈り

馬場明子

未知谷
Publisher Michitani

はじめに

八月九日、長崎原爆の日になると、私は一番に片岡津代《かたおかつよ》さんのことを思い出す。片岡さんは、原爆によって、右半分の顔を火傷。皮膚は爛れケロイド状になった。左耳の聴力も失った。体のあちこちも被爆し後遺症に悩まされた。そんな片岡さんにお目にかかったのは、二〇〇五年の夏。片岡さん、八十四歳だった。

浦上教会の「被爆マリア」取材のために、片岡さんのご自宅を訪ねたのだ。「被爆マリア」とは、浦上天主堂の祭壇中央に飾られていた木製のマリア像のことで、原爆で何もかも破壊された教会のガレキの中から奇跡的に発見されたものだ。しかし、残っていたのは、右半分が黒く焼け焦げた顔の部分だけだった。

敬虔なクリスチャンである片岡さんは、その像をどうご覧になったのか。

「あのねー、あの聖母マリアさんの傷つかれたお顔をねー、お傍に行って、私はマリア様にどうしても物語り（話しかけること）ができない。自分もちょうど、あんな風に火傷をしていたからね。胸がいっぱいになって、マリア様をお慰めして私どもと一緒に傷ついて頂いてと言うてね、ほんとねー、話は出来ません。未だに」

何の気負いもなく、そう語った片岡さんの表情と、実のこもったあの話し方が忘れられない。以来、片岡さんは私の「忘れ得ぬ人」になった。

それから九年後の二〇一四年、新聞で片岡さんの訃報を知った。忘れ得ぬ人、片岡津代さん、九十三歳だった。

以来、「片岡さんはどんな人生を歩まれたのか」、との思いが募った。私があの時感受した片岡さんのストレートな誠実さはどこから生まれたのか。幾つかの資料を当たってみた。その中に、東松照明《とうまつしょうめい》が長崎の被爆者を撮った写真集「長崎〈11：02〉1945年8月9日」があり、片岡さんのお顔があった。私の知らない時代のお顔だ。いとおしく思った。写真集には、「長崎〈11：02〉以後」と題された一文が寄せられていた。書いた方は、高名晶子《たかなせいこ》さんという。高名さんはプロテスタントで、当時、「キリスト教長崎被爆者福祉センター」のケースワーカーだった。その活動を通して片岡さんを知り、彼女と同時代を生きてこられた。二人三脚の様な歩みだったのだろう。そう感じたのは、高名さんの文章には決して型通りではない被爆者への血の通った心情が記されていたからだ。見事な一文に感動した。私は、高名さんの話を聞きたいと思った。

幾つかの伝手《つて》を頼って高名さんにたどり着いたのは、今年二月。ようやくお目にかかることが出来た。津代さんに一歩近づいたのだ。本書では、高名さんから伺ったお話に沿いながら、片岡津代さんの生涯をたどってみたいと思う。

傷ついたマリア

目次

傷ついたマリア　片岡津代さんの祈り

第一章　故郷の記憶

浦上の記憶

博多から長崎に向かう特急列車「かもめ」は、終点長崎駅の一つ手前で浦上駅に停車する。私は、出張で何度も「かもめ」を利用し、「浦上《うらかみ》」を通過したが、その度に「浦上」の文字を見ると、ドキドキした。原爆投下の場所であることを、脳が反射的にキャッチするからだ。一度降りてみようかと思ったこともある。でも、恐くて出来なかった。それほどに、地名のインパクトは強い。無意識の内に「浦」「上」の二文字が「原爆の記憶」を蘇らせるのだ。

一九四五（昭和二〇）年八月九日、長崎に原爆が落とされた。市内の三分の一が焼失。死者は七三、八八四人。七万人を越えた負傷者と合わせると、当時の長崎市の人口のほぼ七割を越える。爆心地は長崎駅から北へ約二・五キロの浦上地区。長崎は昔からカトリック信者の多い所だが、その中でも浦上地区の信徒は一二、〇〇〇人を数え、当時、日本国内のカトリック信徒数では一番多かった。片岡津代さんは、その浦上に生まれ、浦上で育ち、浦上で被爆した。生涯はいつも浦上と共にあった。だから、津代さんの人生を考える時、どうしても日本カトリックの聖地「浦上」という土地の記憶をたどらなくてはならないと思う。記憶の旅は、被爆後の津代さんと歩みを共にした高名さんへのインタビューから始まる。

今村天主堂

福岡県三井《みい》郡《ぐん》大刀《たち》洗《あらい》町《まち》今《いま》は、筑後平野の北東部に位置する豊かな田園地帯だ。眠たくなるほどのどかな風景からは、ここが、かつて隠れキリシタンの里だったと想像することは難しい。しかし、しばらく南に歩くと、赤レンガ作りの教会を見つけ、その姿に圧倒される。十字架を掲げた天主堂は、双搭ロマネスク様式の赤レンガ作りで、国の重要文化財に指定されている。

「今村教会」を訪ねたのには、理由がある。片岡津代さんのルーツがここ筑後だと聞いたからだ。津代さんは浦上に生まれ浦上に生きた人だと思い込んでいた私は驚いた。それは、高名さんへのインタビューの中で偶々出て来た。

――片岡さん一家はずっとカトリックでいらしたんでしょうか

今村カトリック教会（国重文）

「筑後に今村という教会があるでしょう。あの辺りはカトリックが多かったんですよ。津代さんは、『うちは元々久留米《くるめ》なんです*』って言ってましたよ。だから、江戸時代になって迫害がひどくなって、長崎に来られたんじゃないですか」

*久留米　福岡県久留米市。大刀洗町の南に隣接する筑後最大の都市。

高名さんの一言から、私は福岡県今村と長崎県浦上を結ぶキリシタンのつながりを知ることになる。そして、それは同時に、日本のキリシタンの歴史をたどる道でもあった。

布教

日本に初めてキリスト教を伝えたのは、スペイン・バスクの宣教師フランシスコ・ザビエル。時は、一五四九（天文一八）年、戦国時代のことだ。その時すでに宣教師たちは、平戸、山口、豊後などを周り、二〇〇〇名を越える信徒を得ていた。筑後今村にも丁度その頃、信徒集団が現れている。

ここから、日本キリスト教の歴史が幕を開けるのだが、詳しい背景（戦国絵巻）は措くことにして、長崎に焦点を絞って話を進めよう。

ザビエル来日から一四年後の一五六三（永禄六）年、ポルトガルのカトリック司祭ルイス・フロイス*が長崎の横瀬浦《よこせうら》に上陸した。時の領主大村純忠《おおむらすみただ》は直ちにポルトガル船を受け入れると、自らも洗礼を受け、日本初のキリシタン大名になる。驚くほどのスピードだ。急いだのには訳があった。交易による利益だ。鉄砲を大量に手に入れて戦に勝つこと、南蛮貿易で得た利益で藩を潤すこと。群雄割拠の戦国時代を生き抜く先手必勝の政策だった。しかし、莫大な利益をもたらす貿易には条件がつけられていた。キリスト教の布教許可だ。若い純忠は、すぐに反応する。自らはもちろん、家臣や領民にもキリスト教を奨励した。そして、七年後の一五七〇（元亀元）年、長崎港をポルトガルに開港する。続けて一五八〇（天正八）年には、長崎と茂木の土地をイエズス会に寄進しイエズス領とした。長崎港には次々とポルトガル船が訪れ、大いに賑う。天正年間の大村領内の信者は二万人にも及んだという。

横瀬浦

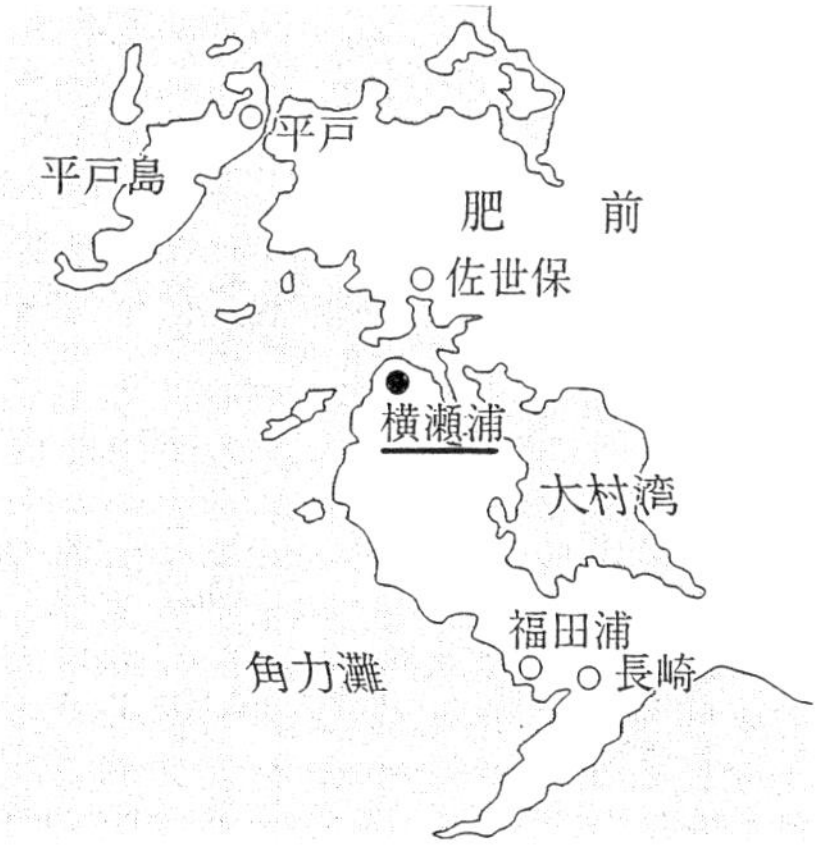

＊ルイス・フロイス　ポルトガルのカトリック司祭、宣教師。一五六〇年から七〇年代を中心に日本で布教を行う。織田信長や豊臣秀吉に謁見し、戦国時代の貴重な記録『日本史』を残した。

キリシタンの里

長崎に続いて、一五八四（天正十二）年、浦上がイエズス会に寄進された。寄進したのは、純忠の甥（兄の次男）の有馬晴信《ありまはるのぶ》だった。晴信は、あのヴァリニャーノ*によって洗礼を受け、大村純忠、大友宗麟《おおともそうりん》と共に九州のキリシタン大名と呼ばれた。宣教師たちの熱心な布教活動によって浦上村の大半が信者となる。この時から、浦上はキリシタンの里となり、以来現在まで四〇〇年以上に亘って信仰を守り続けている。

＊ヴァリニャーノ　アレッサンドロ・ヴァリニャーノはイエズス会の宣教師。一五七九（天正七）年日本にやって来る。豊後の大友宗麟と面会し、宗麟の進言を取り入れた布教を広めた。天正遣欧少年使節をバチカンに派遣した人物でもある。晴信に洗礼を授ける前年には、信長に拝謁している。

こうして、浦上は日本のカトリックの中心になったのだが、戦国から安土桃山へと向かう嵐の中で、生き残りをかけた武将たちの骨肉の争いを知れば知るほど、彼らは貿易の利益だけでなく、清新なキリスト教に新たな価値観を見出し、心の安らぎを求めたのではないかと思えて来る。そしてそれはまた、乱世に生きる領民にも救いを与えた。浦上の土には、安寧を求める人々の記憶が刻まれている。

もう一つの記憶

浦上に生きた片岡津代さんには、もう一つの土地の記憶が刻まれている。先に述べた筑後のカトリック信仰だ。信長の死後、天下を統一した秀吉は、一五八七（天正一五）年、急速に広がるキリスト教の勢いを封じるために「禁教令」を出した。キリスト教の禁止である。ところが、正にその頃洗礼を受けた武将がいた。かつて秀吉に仕え、九州征伐を行った久留米藩主の毛利秀包《もうりひでかね》。二十歳であった。禁教令下での受洗が叶ったのは、当時勢力を誇ったキリシタン大名大友宗燐の娘が秀包の妻となっていたからだ。

宣教師たちは度々久留米を訪れ、ヴァリニャーノも盛大に迎えられた。秀包の庇護の下、城下町の信者は七、五〇〇人にも及んだ。その時の信徒が、津代さんのルーツだったかもしれない。また、一六〇〇（慶長五）年には、イルマン神父が筑後の今村を訪れ、七〇〇人が洗礼を受けた記録もある。津代さんの祖先の受洗は、或いはこの時だったのかもしれない。こうして、浦上と筑後は、キリシタンの集団地区となっていく。しかし、徳川の時代になると、更なる禁教令が敷かれ、厳しい迫害の時代を迎えた。それでも、浦上と筑後のキリシタン達は、息を殺して信仰を守った。受難に耐える三〇〇年もの歳月を。遡れば、津代さんは、これら二つのキリシタンの土地の記憶を背負って生きた人ということになる。

第二章　つながり

禁教

江戸から明治にかけて約三〇〇年もの間、日本のキリスト教禁止令は続いた。「踏み絵」や「長崎二十六聖人」、遠藤周作の小説『沈黙』などによって拷問の凄まじさは世に知られている。中でも、信徒の多い浦上への弾圧は厳しく一八六七（慶応三）年から翌八年にかけて、村の信徒三、三九四人全員が流罪となり、各地へ移送された。流罪先では過酷な拷問や差別を受け、六六二人が死亡するという事件が起きた。信徒の間では「四番崩れ*」として、今も語り継がれている。この年、江戸幕府は大政奉還を行い、時代は明治へと移る過渡期だった。しかし、禁教令は明治になっても引継がれ、更なる弾圧が続いたのだ。キリスト教が解禁されたのは、明治六年になった一八七三年のことだった。

こうした浦上の歴史を指して、原爆投下を「浦上五番崩れ」と称した人達がいた。「原爆の悲劇は差別と共に語られたのだ」ということを知って暗然としてしまう。そうして、驚くことに、差別は被爆後も続いたのだ。

＊四番崩れ　徳川時代から明治時代にかけて、浦上で四度に亘り行われたキリシタン弾圧事件。一七九〇年の浦上一番崩れ、一八四二年の二番崩れ、一八五六年の三番崩れ、そして一八六七年の四番崩れを指す。「崩れ」とは検挙といった意味あい。

信徒発見

浦上の「四番崩れ」が起きる少し前、日本は大きな外交の転換を迫られていた。アメリカ、イギリス、オランダ、フランス、ロシアなど列強の国々から開国を迫られていたのだ。徳川幕府は遂に一八五八（安政五）年、日本とフランスとの間に通商条約を結ぶ。この条約が、浦上の、そして筑後今村のカトリック信者たちの運命を大きく変えていく。

「日仏修好通商条約」が結ばれ、長崎に居留するフランス人のために、長崎市西坂に一八六五（慶応元）年、カトリック教会「大浦天主堂」が建設された。主任司祭はベルナール・プティジャン神父。天主堂は「フランス寺」と呼ばれ、たくさんの見物人が訪れた。その様子を見ながら、神父は「今でも長崎のどこかに信徒がいるのではないか」という期待を抱いた。すると、同年三月、教会を訪れた一人の女性が、神父に近づきこう囁いたのだ。「私どもは神父と同じ心」と。信仰を告白したのは、浦上の女性信徒だった。プティジャン神父は大いに驚き、喜んだ。「信徒発見」のニュースは、ローマ教会にもたらされ、「東洋の奇跡」と呼ばれた。神父の許には、浦上の他に、秘かに信仰を守って来た外海、五島、天草、そして今村から信徒が訪れた。当時、今村には二〇〇戸ほどのキリシタンが潜伏していたが、浦上の信徒とプティジャン神父たちによって発見されたのだ。こうして、浦上と今村のつながりが生まれる。

大浦天主堂（世界文化遺産）

移住

話は前後するが、幕末になると、久留米藩によるキリシタンの一斉検挙が行われ、迫害は苛烈を極めていった。そんな状況下、筑後の信徒たちは秘かに浦上に移住したのではないか

片岡津代さん（インタビュー時84歳）

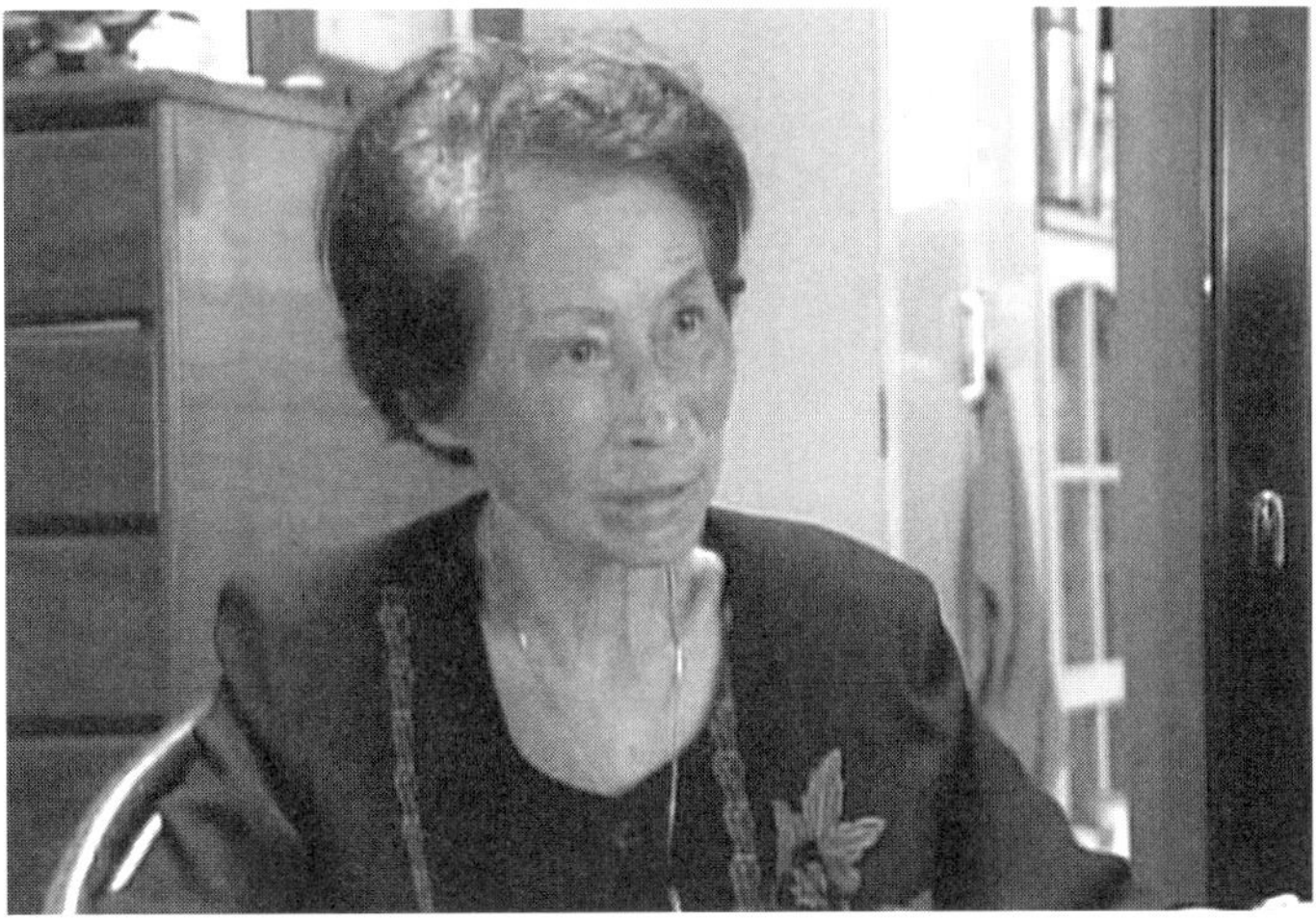

と推測される。故郷を離れるには語り尽くせないほどの葛藤があったろう。津代さんの祖先片岡家が浦上にやって来たのは、この時かもしれない。

筑後から浦上へ。津代さんのルーツにたどり着くまで、長い旅をしたような気がする。それでも、三〇〇年に亘る信徒たちの受忍の歴史は語り尽くせるものではない。

そういえば、思い出したことがある。津代さんに「故郷」について質問をした時、津代さんは、即座に「心のより所です」と答えた。きっぱりとした口調が忘れられない。

――故郷と言うのは、心のより所ですよ。どんなに辛い時でもやっぱり移動したくないですねー。やはり、故郷というものは、旅に出ても忘れられない様な、懐かしい、一番生き甲斐のある所じゃないですか――

「心のよりどころ、一番生き甲斐のある所……」。被爆体験を経て六〇年後に語られた津代さんの言葉からは、二つの故郷に生きた信者たちの重層的な祈りが聞こえてくるようだ。

第二章　津代さんの青春

常清女学校

これから、浦上に生きた津代さんの生涯をたどってみようと思う。

津代さんは一九二一（大正一〇）年一月十七日、長崎市浦上山里村で兄三人、姉一人の五人きょうだいの末っ子として生まれた。父親は「ウイチロウ」。人望があり、地域で指導的な立場にあったが、戦前に亡くなっている。母親は「トモ」*。

村は、浦上川沿いに本原、中野、家野、里、馬込の五つの郷に分かれる静かな農村地帯だったが、一九二六（大正一五）年の長崎市地方都市計画によって工業地帯へと急速に変貌していく。カトリック信徒が大半の浦上に三菱系の軍需工場が続々と進出した。村は、「浦上工場地帯」と呼ばれ、俗に言う「三菱バブル」に沸いた。津代さんが小学校に上がる頃のことだ。

＊家族構成については、片岡家と家族同然のつき合いがあった片岡仁志《かたおかひとし》氏からの聞き取りによった。

ここからは、再び高名さんへの聞き取りから始めよう。

――津代さんは、浦上の小学校に通われたんですか。

「小学校は行っているんです。山里尋常小学校にね。昔は、義務教育は六年までだったでしょう。そして、高等小学校。これは、月謝はいらなかったけれど、義務教育じゃないんですよ」

――じゃあ、その後に女学校に行かれたんですか。

「あの人はね、昔の文部省令の女学校じゃなくて、カトリックが作った常清《じょうせい》女学校に行ったんですよ。認可されない学校ですけどね。そこは、カトリックの若い女の人たちに、お裁縫とか、レース編みとか、そういうのを教えていたんです」

――でも、学費もいりますよね。片岡さんの家は、貧しかったと聞いていますけど。

「カトリックの学校は、お金がかからないんですよ。それも、毎日じゃなくて、一ヶ月に何日かですから。結局、あそこに三年くらいは行ってたんじゃないですか。だから、レース編みが上手でね、花瓶敷とかじゃなくて、本格的にブラウスとか編んでましたよ」

カトリックが学校を開き、教育をしていたことは知っていたが、話に出て来た「常清女学校」については全く知らなかったので、ウキィペディアで調べてみた。要約すると、こうなる。

《常清女学校は、イエズス会の修道女によって一八九〇（明治二三）年、浦上に創立された女学校。「女子技芸学校」、「清心女学院」……と、校名を変えながら女子の教育に当たった。浦上天主堂のすぐ下にあり、爆心地から六〇〇メートルの距離だったため、甚大な被害を受け、「原爆で消えた女学校」と言われた》

津代さんが通った昭和一〇年代は、「常清女学校」と呼ばれていた。創立時に「技芸学校」とある様に、裁縫、刺繍や編物を中心に教えていたのだ。

ひたすら編物に精を出す若き日の津代さんの姿が目に浮かぶ。幸せな青春の日々だったろう。後に、津代さんは、こう懐かしんだ。

「ときどき、昔のケロイドのなかった顔を想い浮かべることがあります。心に誇りをもっていた青春時代の楽しかった想い出を」

見合い写真

津代さんは、これ一枚きりと言いながら、若い時の写真を見せてくださったことがある。「和服で聖歌隊に行く時にね、撮った写真が一枚あるだけ。そりゃー、今よりは少しはかわいかったですよ」と笑いながら取り出した写真は、訪問着姿の美しい十九歳の津代さんだった。「これ一枚きり」は、とっておきだったに違いない。

聖歌隊、レース編み……、若さに輝く津代さんの青春のフィールドはいつも浦上教会にあった。

高名さんは、愉快そうに、写真のエピソードを話してくれた。

「片岡さんは二十歳くらいの時に、ちゃんと訪問着を着て、お見合い写真を撮ったのがあってね、お兄さんか誰かにその写真を見せてもらったことがあるんです。そしたら、本当に八頭身で美人だったんですよ。縁談も五つもあったそうですよ。そしたら、東松さん*が、『僕には七つあったって、言ったよ』って（笑）」

見合い写真

私が見せてもらった写真が、見合い写真だったかどうかは分からないけれど、あの時、津代さんは写真を見せながら、こんな風に話を継いだのだった。

「私が人並みに結婚もせずに、という人がいるかもしれません。もらい手がなくて、と。しかしねー、十七歳からありましたよ、見合いの話は」

結婚の話になると、津代さんから笑い声が消えた。原爆は、津代さんの青春を一瞬にして破壊したのだ。

＊東松さん　東松《とうまつ》照明《しょうめい》（一九三〇年〜二〇一二年）戦後の日本を代表する写真家。一九六一年、土門拳が広島を、東松が長崎の被爆者や被爆遺構を取材した。この時、東松に津代さんを紹介したのが、高名さん。これを基に「〈長崎〈11：02〉1945年8月9日」と題した写真集が発表された。後に、長崎に移住し

て、片岡津代さんら被爆者を記録し続ける。他に、「沖縄に基地があるのではなく基地の中に沖縄がある」、「太陽の鉛筆」など多くの作品を発表し、国内外で評価された。日本写真家協会年度賞、芸術選奨文部大臣賞など、受賞多数。

原爆前夜

津代さんが常清女学校に通っていた頃、日本の戦局は大きく傾いていた。ミッドウェイ海戦に敗れ、南方の島々も次々に失陥。翌一九四五（昭和二〇）年四月には、アメリカ軍、沖縄上陸。本土決戦も囁かれ始める。逼迫する状勢の下、学生や子供たちまでも、軍需工場へ駆り出された。二十五歳未満の未婚の女子にも動員がかかり、二十四歳だった津代さんは浦上の三菱兵器大橋工場で徴用工として働いた。工場は爆心地から一・四キロメートルの至近距離にあった。

ところで、原爆が投下される以前の長崎市はどんな状況だったのだろう。

調べてみると、意外なことに、長崎市への空襲は少ない。初めての空襲は、一九四四（昭和一九）年の八月、原爆投下一年前だ。それからほぼ八ヶ月後の翌一九四五（昭和二〇）年四月になると、長崎にも激しい第二次空襲が始まり、七月に入ると立て続けに三回空爆が続いた。丁度その頃アメリカは核爆弾の爆発実験に成功している。
そして八月六日、広島に原爆が投下される。八日付の新聞は「廣島に敵新型爆弾」の見出しでこれを報じた。しかし、「新型爆弾」がどんなものか、誰も知らなかった。ただ、広島の惨状は、長崎県知事にすぐに伝えられた。当時の永野知事*の回想録を読んでみる。

——八月八日の退庁時刻のことだ。西岡竹次郎（当時長崎新聞社会長）さんが、あわただしくやってきた。西岡さんは東京からの帰りで、いま、長崎に着いたばかりだが、新型爆弾が落ちた広島のことを、軍も秘密にしているし、うかつにしゃべると憲兵に引っぱられるかも知れぬが、とにかく知事にだけは一刻も早く知らせておきたいと思って、飛びこんで来たのだ、といった。（中略）西岡さんは、……広島全市が火の海になったあとの鉄道線路を歩いてきたようすだった。大きな木がボンボン折れていたこと、大きな岩石が吹っ飛んでいたこと、鉄筋コンクリートの建物が押しつぶされていたこと、……また、顔から手からベロベロに焼けただれた人々が右往左往していたことなど……——（NBC原爆追跡録音記録『被爆を語る』）

広島の惨状を聞いた知事は「これと同じ爆弾が長崎に落とされるかもしれない。今すぐでなくても、長崎はほとんど無傷に近いのだから、いずれはやってくる」と予感したが、まさか翌日の九日とは……。津代さんの青春が壊される前夜であった。

＊永野知事　永野若松《ながのわかまつ》。一九四五（昭和二〇）年～一九四六（昭和二一）年まで長崎県知事を務めた。被爆時の県知事として知られる。九日午前、県庁の防空本部で「新型爆弾」の緊急対策協議中に被爆。被災地の復旧、救援に当たった。

浦上の被害

私は、ドキドキする「浦上駅」を通過する列車の中で、改めて長崎の原爆のことを考えてみた。広島の場合でもそうなのだけれど、長崎の原爆について、私は何を知っているのだろうかと。一九四五（昭和二〇）年、八月九日、午前一一時二分、長崎に落とされた原爆は物凄い威力で町を破壊し、七万人以上の命を奪った。生き残った人たちは、放射線の後遺症に悩まされ未だに苦しんでいる。補償問題も解決していない……、そんなイメージだけで、私は長崎の原爆を捉えてはいないか。しかし、実相に迫ることは難しい。そこで、前節「原爆前夜」の永野知事の回想録の続きからこの章を始める事にする。

広島の新型爆弾の惨状を聞いた知事は、翌九日午前、県の幹部を招集して県庁防空壕で緊急会議を始めようとした。その時、電気が消えて壕は真っ暗になった。

——実はこの瞬間、浦上の上で今でいう新型爆弾が爆発したのだったのだが、私はそのとき、普通の停電だと思った。それで、「ローソクはないか」といい、特高課長の中村君が「はいあります」と立ち上がったとき、真っ暗い壕の中がパッと明るくなって、そして、ドンという大きな音がした——

（ＮＢＣ原爆追跡録音記録『被爆を語る』）

それが、正に原爆投下の瞬間だったのだが、新型爆弾とは思わなかったという。

では、原爆の威力はどれほどだったのか。「長崎原爆戦災誌」掲載の爆発のデータを、そのまま記載してみるので、被災地図と合わせて見て頂きたい。

原子爆弾データ

● 爆心地　長崎市松山町一七一番地（現在　通称＝原爆公園）

● 高度　五〇三メートル——（プラスマイナス一〇メートル）

● 火球　爆発の瞬間には、その中心温度は数百万度に達し、火球を形成し、その直径は急速に膨張する。〇・二秒後には火球の半径は二〇〇メートル、その表面温度は七、七〇

長崎市被災地図

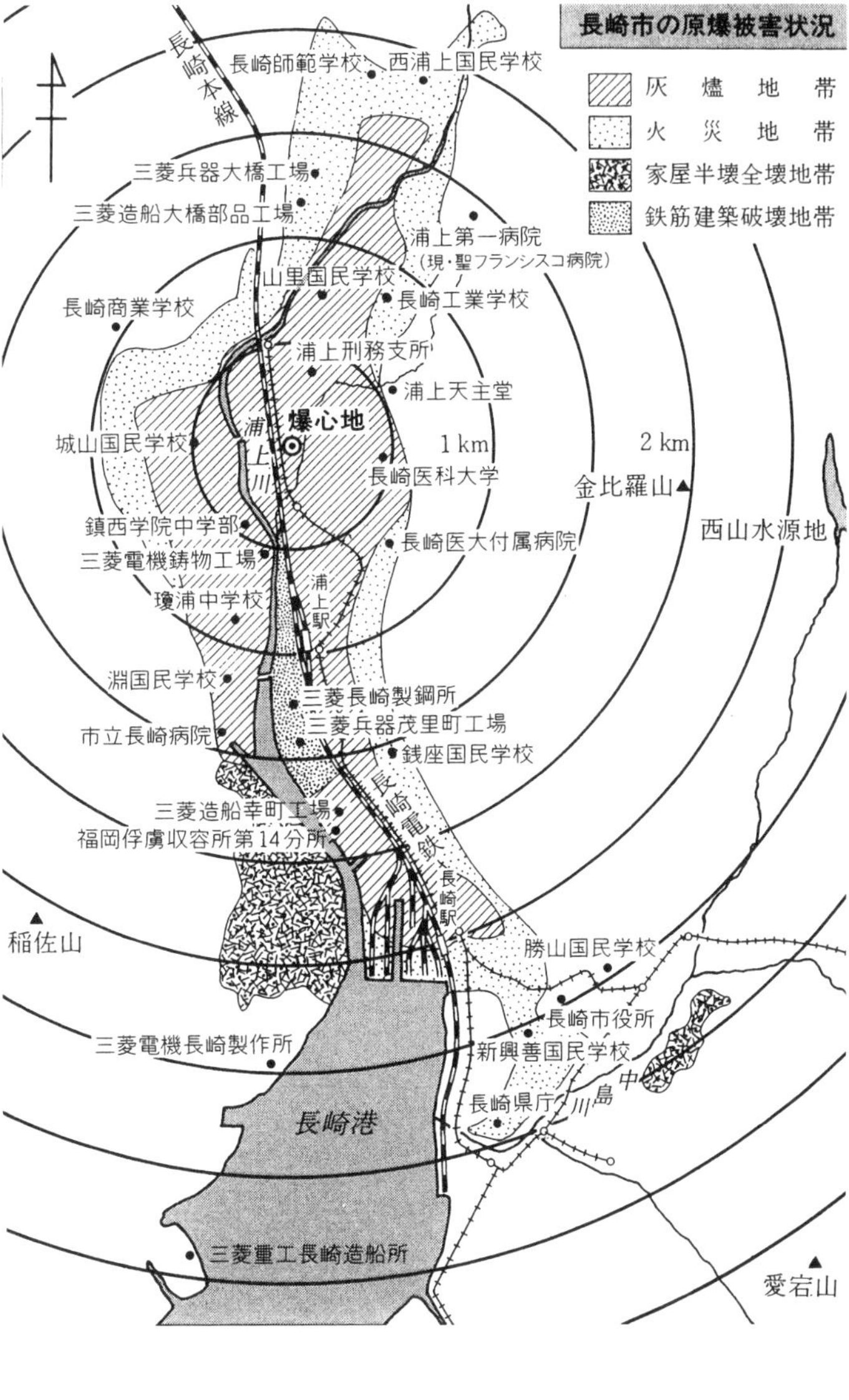
長崎市の原爆被害状況
灰燼地帯
火災地帯
家屋半壊全壊地帯
鉄筋建築破壊地帯
長崎本線
長崎師範学校
西浦上国民学校
三菱兵器大橋工場
三菱造船大橋部品工場
浦上第一病院
(現・聖フランシスコ病院)
山里国民学校
長崎工業学校
長崎商業学校
浦上刑務支所
浦上天主堂
浦上川
爆心地
城山国民学校
1 km
2 km
長崎医科大学
金比羅山
西山水源地
鎮西学院中学部
長崎医大付属病院
三菱電機鋳物工場
瓊浦中学校
浦上駅
淵国民学校
三菱長崎製鋼所
三菱兵器茂里町工場
市立長崎病院
銭座国民学校
長崎電鉄
三菱造船幸町工場
福岡俘虜収容所第14分所
長崎駅
稲佐山
勝山国民学校
長崎市役所
三菱電機長崎製作所
新興善国民学校
中島川
長崎県庁
長崎港
三菱重工長崎造船所
愛宕山

○度に達し、約一○秒後には消失する。大量に放出される熱線は、爆発後○・二秒から○・三秒までの間に放出される赤外線によるものである。

● 爆風

（爆心地からの距離）	（秒速）	（持続時間）
○・二五キロ	三六○メートル	○・三七秒
○・五キロ	二五○メートル	○・四五秒
一・○キロ	一七○メートル	○・六二秒
一・五キロ	九○メートル	○・九○秒
二・○キロ	七一メートル	○・九八秒
三・○キロ	三一メートル	一・二○秒
三・五キロ	二七メートル	一・二二秒

地図とデータを照合しながら、次の二人の証言を聞いてみよう。二人とも爆心地からは四キロメートル以上離れた場所にいた。いわゆる爆心地帯圏*ではない。当時、長崎測候所長だった中村勝次さん。爆心地から南東四・五キロメートルにある県庁近くの測候所で観測した。

*爆心地帯圏　爆心地から二キロメートル圏内

――一一時の気象観測をするため、観測当番は露場に出て所定の観測を終えたとき、北方の空に落下傘三個を見た。高度約四五度。間もなくピカッと光り、数秒の後に爆風が来た。この日朝来晴天。筆者は東面して執務していたが、そのとき突然ピカッと光り、開放してある北側の縁の外方すなわち北の低空が明るくなり、バスケットボール大の光球――黄淡褐色にして縁辺はクッキリしておらずボヤけていたが、火球という概念はハッキリしていた（中略）それから約七秒……を経て爆風が来り、戸障子やガラスの破壊する音、物の倒れたり、落ちたりする音が一時に雑然として聞えた。家人は爆発音を聞いてすぐ爆風がやって来たと言うていた――

（「原子爆弾災害調査報告書」）

次に松本松五郎さん。爆心地から六・三キロメートル離れた地点で作業中だった。

――一一時過ぎごろと思われるころでありました。突然長崎の方向から淡い閃光がひらめいたのです。それと同時に、にぶいけれども非常に大きな爆発音がしました。瞬間、茶店（観音堂のすぐ前の民家）のガラス窓がばりばりといってこわれました。――長崎の方を見てみますと、浦上駅の上空とおぼしき所に突然真白い雲、これは爆弾投下による雲でしょうか実に大きな雲なのです。……するとしばらくたって、その雲の真ん中からまた爆発音がおこって、もう一つできた雲が前の雲の上をつき抜けました。ちょうど鏡餅を重ねたような雲のかたまりが、もう一つできたのです。（中略）この爆弾によって生じた雲は、稲佐山を半分位かくす大きさでした。――

（「長崎、二十二人の原爆体験記」『日本の原爆記録』第一巻）

二人は爆心地から比較的離れた距離にいたので、原爆投下の瞬間を、ある程度冷静に観察している。この様に原爆体験は、その時どこにいたのか、つまり、爆心地からの距離や地形、風向きなどによって異なる。また、人によっても表現が様々だ。実相に迫るのはやはり難しい。しかし、当時の長崎市の地図や回想録から読み取れるのは、爆心地から約三・三キロメートル南の県庁のある市街地の被害は、爆心地浦上に比べると軽微だったということだ。後述するが、この事は戦後の被爆に対する市民の意識にも影を落とすことになる。

先に引用した永野知事が出した一報は「被害僅少」だった。

「広島の新型爆弾に似たような異様な爆弾が落ちた。けれども、管内の被害は軽微である。人畜にはあまり被害はない。家屋も全壊はほとんどなく、多少半壊がある程度で小破損である」として、「被害僅少」の一報を出している。しかし、間もなく「肝心かなめの浦上からの報告が全く入って来ない」ことに気がつく。

――もちろん、被害の全貌を知るまでには時間がかかった。長崎駅から少し先のことは、まるでわからなかった。だが浦上方面に死傷者がでたことはすぐわかって来た。……全身、または上半身をベロベロに火傷した人、けがをした人などがどんどん逃げてきた。それから爆発から一時間ばかりたったころだったろうか。どこかの町内会長だったと覚えているが、『裏の山にいっぱい負傷者が逃げこんで、水をくれ、助けてくれと叫んでいる。もう、死んでいるものも多いが、県庁の方はどうしているのか』と、防空本部にとびこんできた――

（NBC原爆追跡録音記録『被爆を語る』）

原子爆弾は南の市街地ではなく、長崎市北部にある浦上地区に落とされたのだ。約一二、〇〇〇人の信者の内、八、五〇〇人が亡くなっている。津代さんも、浦上で被爆した。

きのこ雲（写真：長崎原爆資料館 所蔵）

長崎に原爆が落とされたその日の午前一〇時三〇分、宮中ではポツダム宣言を受諾するかどうかの戦争指導会議が開かれていた。そして、翌十日早朝、受諾が決定された。歴史は残酷だ。

浦上の惨状

改めて、被災地図を見て欲しい。爆心地は、長崎市北部の松山町三菱グラウンドテニスコート。住民の約半数が農業や畜産業に勤しむカトリック信徒の浦上地区だった。しかし、第三章でもふれたように、昭和に入ると、浦上には軍需工場が次々に進出、「浦上工場地帯」と呼ばれた。従業員のための住宅や学校が建設され、西側は「新興住宅地」へと様変わりしていた。その数、約一三、〇〇〇人強と言われているので、当時の浦上地区全体の人口は、二五、〇〇〇人を越えていたのではないか。

浦上の被害には地形も災いした。浦上川の両岸にはごく狭い平地があるだけで、そこに、田畑や人家、学校、工場が集中していた。川の両側には急峻な山並みが迫っていたので、谷間に当る平地はちょうど回廊の様な役割を果たした。そこを数千度の放射線を含んだ熱線が秒速二〇〇メートルで吹き荒れたのだ。

爆心地浦上の被害はどれほどだったのか。ちょっと想像がつかないが、貴重な記録が残されている。長崎県防空本部の二人の偵察員が、調査のため被爆直後の九日午前一一時三〇分、自転車で爆心地浦上に向かっていたのだ。爆心地から一・五キロにあった井樋ノ口《いびのぐち》派出所に着いたのは、正午すぎだった。

――井樋ノ口派出所から大橋へ通じる道路は、傾いた鉄柱、電柱に電線がたれさがり、燃えくすぶる木材や瓦礫で道路をふさいでいた。そのなかを左手に茂里町方面の工場、右手に医科大学付属病院の全焼を見ながら、自転車を押して進んだ。浦上駅近くでは、電車が焼けて鉄骨だけが残り、その鉄骨の中には三〇人くらいの男女が、座席に腰掛けたままの姿で並んで爆死しているのを見て、思わず念仏を唱えた。このような電車を四台は見た。途中、死者は倒れたまま、重傷者は道路脇などに無数にすわりこんでいたが……一時ごろ、松山町、岡町を通って目的地点の大橋に到着。大橋付近の浦上川に、水のなか、岸辺といわず、無数の老若男女が重傷にあえいでいるのを見、大橋以北の工場群の壊滅を見て引き返した――

（永淵伝四郎『原爆救護活動体験記』要約）

工場群の中には、津代さんが徴用に出ていた三菱兵器大橋工場が含まれている。

これが、九日、被爆直後の浦上の現状だった。次に、原爆投下から一夜明けた八月十日午

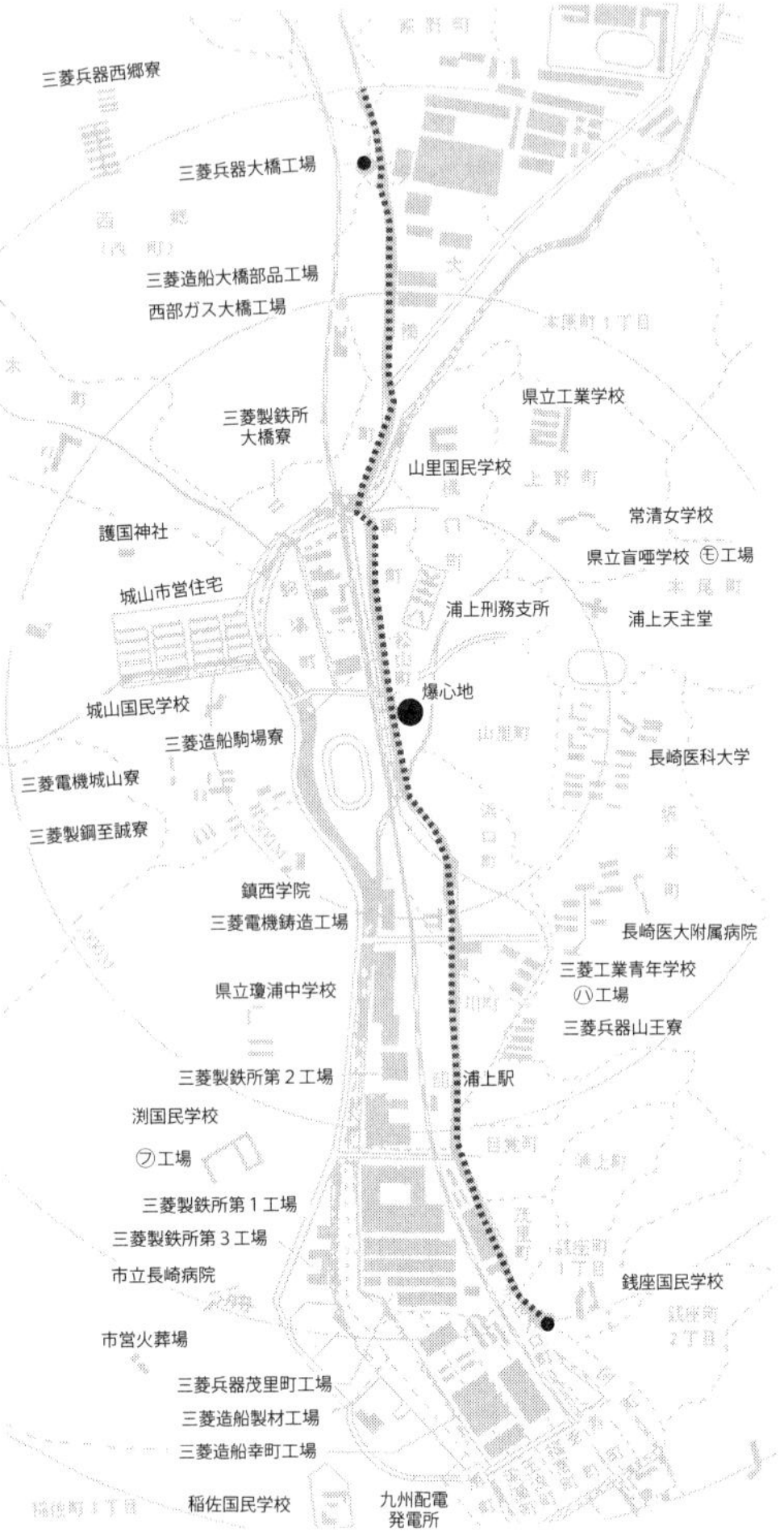

８月９日被爆直後の長崎防空本部偵察員調査ルート
(井樋ノ口～三菱兵器大橋工場)

前三時に災害調査のため爆心地に入った陸軍報道部員の記者、東潤氏の記録。

――……「悲劇の谷・浦上」の午前三時は、世紀の大爆風が去った三日月の下にひらく死の砂漠であった。（中略）死者のすべてが虚空をつかんだ幽霊の姿で焼けている。火の海の中で塗炭の苦しみをなめた現れであろう。もはやこの惨状に対して、あらゆる語彙が今日かぎり私にとっては無力となった。たまたま、三〇がらみのバケツを下げた婦人が、爆心にほど近い被害地に茫然として、無神経に立っていた。……軍関係の者だと前提して、この婦人に事情をたずねてみると、とつぜん、バケツの中を指した。おどろくべきことには、その中に首がある。しかも、五、六歳になる女の子の首ではないか。……「私はあのとき、ひと山向こうの里帰りをしていたので助かったが、夫と息子と娘は家にいたのでやられてしまった。夫と息子の死体はなく、ひとりこの娘だけの首が、壕の中にころがっていた。からだはない」と。――

（「原爆の長崎ルポルタァジュ・浦上壊滅の日『九州文学』」）

浦上川には、たくさんの死体と、誰ともわからない腕や足だけが浮かんでいて残酷を極めたという。もはや、言葉を失う。

兵器工場全壊

先に述べた様に、二十四歳だった津代さんはその日、徴用に出て、浦上の三菱兵器大橋工場にいた。

工場は、爆心地から北一・五キロメートルの圏内に一三の関連施設がある大工場で、従業員は一七、七九二名、大企業に働くエリートたちだった。しかし、その工場の全てが一瞬にして破械された。

ここに、『長崎精機原子爆弾記』と題された冊子がある。原爆投下から四年後の昭和二四年にガリ版刷りで出されたもので、工場で生き残った四〇名有志の体験が寄せられている。表紙を開くと、先ず、「この生々しき体験実録を故登原所長以下二二七三殉職者の霊位に献ぐ」とある。

工場での体験は、職場はどこだったのか、被爆時にどうしていたのかなどにより異なっているが、受けた「閃光と爆風」の衝撃は共通している。

第一工員食堂にいた高名麟久雄さんの体験。

「ピカッ……と白熱の閃光と共に身体に熱気を感じたかと思うと、瞬間、ドカンと爆発音……。私は無意識に体を投げ出すように机の下にすべりこんだ。間髪を入れず食堂二階がガラガラと崩れ落ちて土砂のようなものが、背の方にふりかかる。……周りは助けを呼ぶ声と悲鳴で溢れ返った。……」

この時、何とか外に出ることができた高名さんは空を見つめた。そして、時計を見る。

「時計を見ると十一時を廻って三分位。随分長い間座り込んでいたと思った机の下も食堂

長崎精機冊子表紙／壊滅した三菱兵器製作所大橋工場（写真：長崎原爆資料館 所蔵）

内の出来事も五、六分の短い時間にすぎなかった。此の不思議な黄灰色の気体も二、三分で消え失せ又元の明るい空になった」

この証言から、長いと感じた衝撃が実は一瞬のことだったとわかる。人間は、死の恐怖を、永遠かと思うほど長く感じるのかもしれない。それだけ、「死」が近かった。

第三仕上げ工場にいた鬼島正和さんもそう感じた。

「灼けつくような真夏の太陽の下、私は今日も祖国の必勝を信じながら魚雷生産*に熱汗を流していた。……済んだら外に出て息抜きでもやろうと友と語り合っていた時、十一時五分、紫色の閃光が南側の窓にパッと走った。電流に打たれた様に、私と友は互いに「爆弾だ」と叫んでその場に伏せる。息詰まるような数秒間。それは長い長い時間に思われた。顔といわず背といわず、バラバラ落ちて来るスレートと硝子片。もう、此處で終わりかなと考え乍ら ……数秒後、辺りの静けさを破って『ワーン』という怒号と悲鳴の交錯した一種異様な叫喚と共にあちらの物の下からこちらのアングルのかげから血まみれの顔、々、々……、そして私の顔を眺め乍ら世にも悲痛な声で『小父さんどこに逃げたらいい』と泣きながら訴える可憐な女子従業員……」

他に動員されていた女工にも助けを求められたが、自分も傷を負い血まみれになった鬼島さんにはどうすることも出来なかった。私はこの箇所を読んで、もしかしたら、津代さんはここにいたのではないか、……と思ったりした。

鬼島さんは、こうも書いている。

「何たる悲惨なる事実であろうか。目の届く限り、凡てのものは破棫され、一つとして満足なるものはない。……全身火傷で火ぶくれの男女、手足をもぎとられた老人、肥満な肉体をえぐりとられた若き女性、重傷の母の手にすがる血まみれの嬰児……あ々これ程迄に戦争というものは悲惨であり残酷であるとは五年間戦場に居た私も想像できなかった」

＊魚雷生産　工場は、一九四二（昭和一七）年三月、魚雷の研究・生産拠点として、長崎造船所から独立する形で発足。長崎市北部大橋町に大工場を完成させ、月間二一〇本の魚雷を生産するなど、日本の軍需産業の中核を担った。

高名晶子さん

寄せられた体験に共通して出て来る言葉は「火の海、血に染まる、火傷、叫び、死体の山」……そして「生き地獄」。「この世全体が火葬場だ」という表現もあった。それぞれの体験をつづれば、「地獄図絵巻」が展開する。

実は、この冊子は高名晶子さんが、「これを読めば、全てがわかります」と、私に貸してくださったものだ。因みに、体験文を引用させて頂いた高名麟久雄さんは、お父様である。七〇年間筐底にしまっておいた大切な一冊をお持ち頂いた。高名晶子さんにとって、原爆は決して遠い過去ではない。だから、「津代さんと共に歩まれた」のだと思う。

第五章　津代さんの被爆

ただ生かされた

では、津代さんの場合はどうだったのか。先ず、その瞬間から。

「工場で働いていて、『あー、ちょっと暑いかね』って。三人で外に出て、工場の軒下に立って話をしておったら、『なんか（飛行機の）爆音のような音がするね』って。でも、『（空襲警報が）解除になっているから、おかしいね』って。そのうちに、私が一歩、こう外を見たんです。そしたら、顔をピタピタ鞭でたたかれるようになって、それからもう意識を失って、どれくらい転んでいたのか、まったくわかりませんでした。気が付いたときには、誰もそばにおりませんでした」

（NHK長崎　原爆100人の証言）

そして、それから。

――めちゃくちゃに破壊された工場の中をどう逃げたのか、田んぼ道をどう走っていったのか、もう無我夢中で、私には全くわかりません。気がつくと、すぐ横に浦上川があり、水を求めて集まったのか、はじめて生き地獄を見たのです。数えられぬほど沢山の人が、ごろごろ死んでいました。

ところがまもなく私の目がまったく見えなくなったのです。傷の痛みが耐えられなくなって、転げまわり、地べたをかすり回って耐えたのです。目が見えなくなってどうすることもできず、三日三晩野宿しました――

（「証言・あの日から三七年」）

これが、被爆直後の津代さんの様子だった。全身傷だらけになり、転げまわり、目が見えなくなった津代さん。姉、姪、甥など親族一三人も一度に失った。回想は続く。

――生死の境を土の上に三日間、寝かされたままでした。四日目には人数が減り野宿するのが恐ろしくなったので、母が隣組の人に頼んで戸板に私をのせ、連れて行ったのが、本原の浦上第一病院、今の聖フランシスコ病院でした。コンクリートの上に麦わらをパラパラと敷いた上へ寝かされました。

周囲ではしきりに呻き声がしており、あの人が死んだ、この人が死んだ、と知らされるので、この次は自分の番じゃなかろうか、と生きた心地がしないのです……乞食同然の生活のなかに欲も得もない、ただ生かされている状態だったのです――（「証言・あの日から三七年」）

浦上第一病院（現・聖フランシスコ病院）

津代さんが運ばれた浦上第一病院は、聖フランシスコ神学校が結核療養所として開設したもので、爆心地から北東約一・八キロの距離にあった。三菱兵器工場の東数百メートル、浦上天主堂とは谷つづきの浦上圏内だった。原子爆弾によって病院内部は破壊され、医療器械も薬品も全て消失した。辛うじて焼け残った一階の一部と地下が、原子野のただ一つの医療機関となる。当時医長だった秋月辰一郎医師は、＊必死の治療に当たった。どんな状況だったのか。『長崎原爆記　被爆医師の証言』に沿って、日付を追いながら概要をまとめてみた。

＊秋月辰一郎《あきづきたついちろう》　一九一六（大正五）年〜二〇〇五（平成一七）年。医師、平和運動家。自ら被爆しながらも、医師として被爆者治療の前線に立った。戦後は医療のかたわら、被爆者問題に取り組み、資料の収集、発掘などに努める。「長崎の証言の会」代表委員を務めた。

［八月九日　原爆投下］

――病院は一瞬にして破壊された。医療器械、器具、薬品の全てを消失する。当時七〇人の重傷結核患者が入院していたが、患者たちの「先生、やられた」「助けてくれ」の声を聞き、全員無事救出する。しかし、一〇分もすると、下の街や工場の方から爆弾にやられた人たちが次々と上って来た――

（『長崎原爆記　被爆医師の証言』）

「半裸か全裸に近い人々が、異様にのろのろと、腹の底、いや地獄の底といってよいような奥底からうなる。白っぽく、仮面のように無表情である。私は……亡者の行列の夢を見ている錯覚に陥った」と秋月医師は述懐している。

［八月十日　診察を開始］

この日の最初の患者は重傷の山里国民学校の先生だった。山里小学校は、津代さんの通った学校だが、爆心地から一キロメートルの爆心地帯圏にあった。

――顔面と肩から胸の火傷にアネステジンを撒布し、その上にガーゼをあてた。火傷はほとんど半身に近い体表面積を占めて、その創面は黒く糜爛し、苦悶で呼吸困難が始

被爆時の浦上第一病院（写真：長崎原爆資料館 所蔵）

まっている――

（同前）

証言にある通り、患者の多くは、大火傷を負っていた。津代さんも、顔と背中や腕を火傷している。数千度の熱風が猛烈なスピードで襲いかかったためだ。秋月医師は、次々にやって来る患者の治療に懸命だった。それでも、患者の数は減るどころか、益々膨れ上がっていった。

［八月十一日　負傷者押し寄せる］

――病院の庭の片隅に、孟宗竹を柱にしてテントを張り、野戦病院の様な治療所を作る。医者がいると聞いて、負傷者が次々と押し寄せて来た。その中に、常清女学校の修道女がいた。全身大けがで運ばれて来たのだ――

（同前）

「常清女学校」……津代さんが通った女学校も、爆心地から一キロメートルの圏内にあり、直撃を受けた。女学校は一挙に瓦壊し燃え上がった。炎の中、多くの修道女や教師、生徒たちが死んでいく……。津代さんが青春を輝かせたフィールドは全焼した。

火傷と並んで、秋月医師を悩ませたのが、ガラス片だった。患者の中の多くは背中一面にガラス片が突き刺さっている。城山国民学校*の教師もそうだった。城山国民学校は、爆心地に一番近い小学校で、秒速二五〇メートルの爆風と熱線に晒された。その時、一人の教師は窓を背にして坐っていた。爆風は窓ガラスを粉々にし、破片が教師の背中に突き刺さった。背中一面のガラス片。秋月医師は傷にマーキュロを塗り、ピンセットで引き抜き、またマーキュロで消毒する。……患者は悲鳴を上げる。一〇個も抜くと、患者も医師も限界だ。しかし、抜いても抜いても、背中には無数のガラス片が刺さったまま……

ガラス片が体中に突き刺さった被爆者は多かった。患者はこれに苦しみ、医者は大いに悩まされた。常清女学校で重傷を負った修道女も、城山国民学校でガラス片が刺さった教師も、まもなく亡くなっている。

＊城山国民学校　爆心地から西約五〇〇メートルにあった小学校。鉄筋三階建だったが、倒壊。児童は登校していなかったが、教師三三名の内二九名が死亡した。また、校舎の一部を借りていた三菱兵器製作所の所員や女子の動員学徒などが、ほとんど亡くなっている。この日、登校せずに浦上の自宅にいた城山小の児童一、五〇〇名の内、一、三〇〇名も死亡した。

十一日正午過ぎ、警備隊が来て浦上第一病院を救護病院にすると命じ、次々に患者を運んで来た。運びこまれた患者は一五〇人を超えた。

――近所の農家から、警備員が稲藁束をたくさん持ってきて敷いた。その敷藁の上に、二〇〇人以上の重症者が寝ている。寝ているというより、転がされている、放り出されている、といった方が適している。私の顔見知りの近所の人も大分いる。一家族で五、六人重傷の患者もいる。あるいは、軽傷の人が重傷の人の横に坐って慰めている。重傷のひとたちは、『痛い、痛い、助けて』と呻く――（同前）

病院は、カトリック信者の多い本原町《もとはらまち》にあった。津代さんが運び込まれたのは、ちょうどこの頃だ。瀕死の津代さんを見守り続けたのは、当時六十九歳の母親トモさんだった。

――母が『ここに野宿しとっちゃった、どうもこうもならんばい。フランシスコ病院のほうに、お世話になっていかんばならんけん、あの隣組の組長さんでも、隣保班のひとたちでも加勢を受けて運んでもらわんばならんたい』といいますし、私も『うん、そうしてもろうたほうがよか。やっぱしみんなおるところがね。野宿はもう夜になると恐ろしか』というて頼みました。まあ、十一日か十二日のころは、どんどん元気な人は嬉野《うれしの》やどこかの病院に、トラックかなにかで運ばれていたそうです。あとで聞きますとね。私はそんな様子は知りません。わたしたち重体の人は、かもってくれないですよ。重体で死んで行くような人に、時

間をとられてはこまるとだから、もう仕方がないというてですね、ちょっと放りおかれてお
ったようなわけでした。それでも何日めのいつごろだったか、どんなもんでかつがれて行っ
たかは知りませんけど、まあ、かつがれて、フランシスコ病院のどこか一角に行きました
――
（長崎放送報道部編『太陽が消えたあの日』童心社）

この時、津代さん一家と親しかった片岡仁志さんは、病院で二人に会っている。その時の様子。

「私は知っていますもん。トモばあちゃんと、津代さんがフランシスコ病院に避難しているのを見ました。雨天体操場（一階の奥）にいらしたんです。あの時、治療なんて無いですよ。できません。そのままです」

運び込まれた重傷患者は、病院に放置され死を待った。

［八月十五日］

この日、秋月医師はミサの歌声で目を覚ました。

――ミサが立っているらしい。かなりの人が一階の食堂に集まっている。聖母の大祝日だった。私はそれとは関係なく、朝食を食べて診察にとりかかる。今日も同じように炎天下に

なるらしい。血便、赤痢、紫斑病――なぜかそういった患者がどんどん増える。死なないまでも歯ぐきから出血して髪がぬける。原因がわからない。火傷や挫傷には、ものすごい勢いで化膿が広がる。手がつけられない。これはいったい何だ――（『長崎原爆記　被爆医師の証言』）

原爆症がすでに現れていた。治療に走り回っていた秋月医師は正午の敗戦の放送を聞いていない。もちろん、ラジオも無かったけれど。生死をさ迷う患者も、治療に走り回る医師も、誰もがそんな状況では無かったということだ。

敗戦を知った秋月医師は、その夜、集まった患者を前に戦争が終わったことを告げた。その時の言葉、「爆弾で、財産も家族も失った君たちは、今、国家もなくなったのだ」。

回復

九月二日、長崎に雨が降った。あの日以来二十日ぶりの雨だった。慈雨は、やがて豪雨となった。焼け残った病院には、津代さんはじめ、一〇〇人を越える患者が地下奥のコンクリートの床の上に寝かされていた。つきっきりの母親は、何とか手に入れた米のとぎ汁を津代さんに飲ませた。それが命をつなぐ唯一の食糧だったのだ。

――私、一週間ほど目が見えなかったものですから、ハッキリしたことはなにもわかりませんけど、その当時、雨ばっかり降りまして、コンクリ建ての中にも雨が漏ってきました……コンクリの上に麦わらをうすくしいて寝かされておるところへ、雨漏りで水がいっぱいしみてくるんです。自分のからだもびしょびしょになるような日が、何回となくあって、それがつらくてつらくてつらくてですね。その間に、今もフランシスコ病院におられる秋月辰一郎先生が、治療に来てくださいました。どんなお薬をつけてくださったか、お薬もなくなっていたでしょうから、チンク油か何か、そんなものをつけてくださったようでした。（中略）そうしてから、まだ寝たきりで起きられない状態が、ずっと三月くらい続きました。なおるものがなおって、自分で立って歩けるようになったのは、もう秋もおわりごろになってと思います――

（長崎放送報道部編『太陽が消えたあの日』童心社）

第六章　顔

美しい人

秋も終り頃とは、十一月に入っていたのだろうか。「なおるものがなおって」とは、微妙な表現だけれど、とにかく津代さんは退院した。

——三ヵ月後に病院を出て、姉*の家に落ちついたのですが、ちょうどそのころでございました。ケロイドにひきつった自分の顔をはじめて見たのでございます。顔が変形したことは母に聞いておりましたし、退院したとき近所のオバさんが、そんな顔になったのかといって泣いてくれましたので、自分の顔を想像してはおりましたが……。道で拾った鏡の破片に、この顔を、最初に映したときの驚きは、一生忘れることができません。ショックでおもわず手にした鏡のはしくれを地面に投げつけました。——

〈長崎〈11：02〉1945年8月9日〉

＊姉　津代さんの姉は一家五人全員原爆で亡くなっているので、兄の誤りだろう。

取材の時、私も津代さんから顔の話を聞かせてもらっていた。

「あー、母はね、私の火傷の顔を見てどれだけ辛かっただろうと思うんですよ。それをねー、『おっかー、顔はどうなってる?』って、『うん、少しばかりよ。だから、手も足もやけどして傷だらけになってるけど、顔は少しだから、生かされたもんね、お前』って」

浦上第一病院に運ばれてコンクリートの上に寝かされていた時、付き添った母親に津代さんが一番に尋ねたの、やはり「顔」の傷だった。

「顔は少しだから、生かされたもんね。お前」という母親の言葉には、年頃の娘への配慮が滲んでいると同時に、後の津代さんの生きる導を示唆していたのだと、私は知ることになる。

津代さんケロイドの顔写真
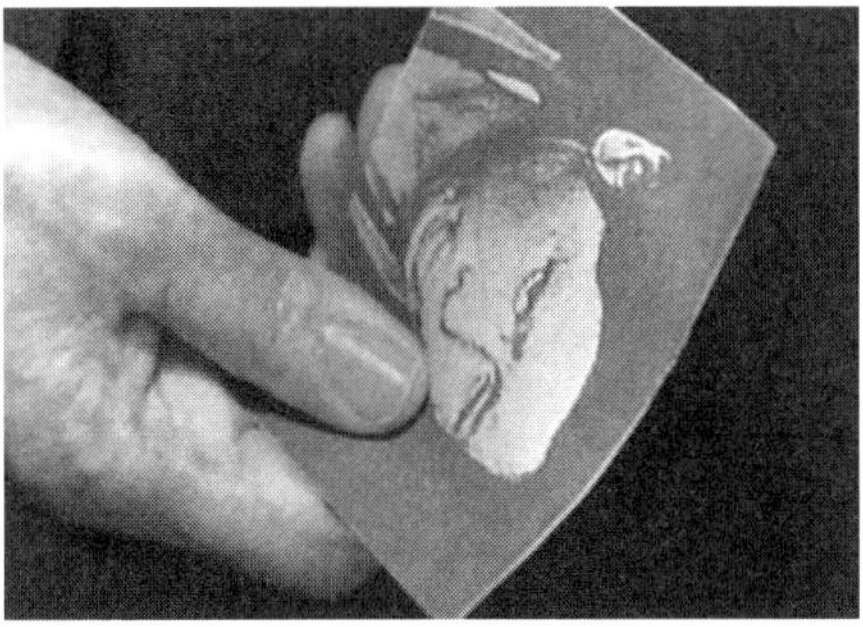

この時、津代さんには結核も出でいた。それもあって、療養には六年近くかかったが、三十歳で、長崎大学医学部附属病院で清掃の仕事に就く。その時代の「顔」についての体験をこう語っている。

「ときどき昔のケロイドのなかった顔を想い浮かべることがあります。心に誇りをもっていた青春時代の楽しかった思い出が甦ってくるのでございます。現在、長崎大学医学部附属病院に清掃婦として、毎日バスで通っておるのですが、通勤バスにゆられながら昔の想い出にひたることがあります。『あのオバちゃん、みろみろ』。乗り合わせた通学の子供たちのヒソヒソ話が聞こえてきます。『あのオバちゃん、顔ば見ろ』。私の夢を破るのはきまって子供たちでございます。戦争を知らない子供たちの目にケロイドがどのように映るのでしょうか」

（同前）

実際、顔にケロイドの残った人は、「バケモノ」と呼ばれたりしたらしい。また、ケロイドでは無いが、顔の右下にぱっくりと傷口が開いたままの女性は、「電車の中でも、ケロイドもっとる人、とくに女性の人がいると、まともに見きらんやったですよ。こんな気持ちは、原爆におうた人しかわからん」と、吐露している。わかっているつもりでも、その辛さはやはり、本人しかわからないのだ。殊に女性の辛さは。

高名さんは、津代さんに初めて会った時「なんて美しい人だ」と思ったという。

——一九五八年、初めて片岡さんに会った時、何と美しい横顔だろうと私は思った。そして、その反対側を見た時、息を呑んでその横顔を見つめた。美しい顔の半面は原子爆弾の熱線によるすさまじいケロイドで、美しい半面との強い対比が原子爆弾の怖ろしさを現していた——

（同前）

高名さんに、改めて津代さんの顔について伺ってみた。

——初めて、お会いになった時のお顔はどんな状態だったんですか。

「その時は一番酷い時だったんですよ。初めはこちら（左）から見ましたから、美人だったんです。でも、反対（右側）から見ると、ですよ……」

今回のインタビューは三時間に及んだが、高名さんが言い淀むということは先ず無かった。いつも間髪を入れず答えてくださった。打ち返しの的確さに、私は驚いていた。八十七歳の方とはとても思えない。そんな高名さんが、津代さんの顔についての質問では、言葉を呑まれたのだ。実の所、そうなのだと思う。言葉が見つからない、いや、言うことが慎まれると言った方が適切かもしれない。

「病院で被爆直後の津代さん母娘を見ました」とおっしゃる片岡仁志さんにも同じ質問をした。「その時は、お顔は酷かったんですか」。すると、「ええ」の一言。決してそれ以上は語られなかった。しかし、大学病院で清掃の仕事を勤め上げた津代さんの一連の話の中で出て来たのは、「顔」についてだった。

「良く勤められたと思います。信仰があったんですね。信仰が支えたと思います。端正な顔だったのに、あんなになってしまって。ケロイドはまだ残っていましたもんね。やっぱり女性にしてみれば、大変なショックだったと思いますよ。女性にとって、顔は命でしょう。女性にとって顔は大変だったと思います。それを支えたのは信仰だったでしょう」

高名さんも、津代さんの信仰について、「苦しみの底から出て来たんですよ。祈って祈って、乗り越えられたんだと思いますよ」と評した。

写真

「顔」と言えば、写真家の東松照明が撮影した片岡津代さんの写真は有名だ。一九六一年、

片岡津代さん1　本原町（1961年）© Shomei Tomatsu － INTERFACE（長崎県美術館所蔵）

高名さんの紹介で東松は初めて津代さんを撮った。被爆後一六年経っていたが、津代さんはケロイドの顔にコンプレックスを抱いていた。すると、東松は黙ったまま、顔に傷の無い左側から撮影した。津代さんは驚いたのではないだろうか。原爆の写真集のために東京から来たカメラマンなら、一番にケロイドの顔を撮ると思い込んでいたからだ。その後、右の横顔が撮影された。信頼が生まれる。津代さんは東松のことをこう言って慕った。

「先生だけは私を傷のない方からも撮ってくださったですもんね」。東松は「そうでしたかね」とはにかんだ。

その後五〇年近くに亘って、東松は津代さんを撮影した。

写真撮影に関しては、高名さんが話してくださった愉快なエピソードがある。

「津代さんが有名になって、いろんな人が写真を撮らせてくださいと来るでしょう。その内に、津代さんは東松さんと親しくなっていたから、『東松さんをご存知ですか』って、カメラマンに聞くんですよ。『知らん』という人はもうダメだって(笑)。知っていると言う人には写真を撮らせたんですって」

——それだけ東松さんを信頼していらしたんですね。

「そう、信頼していたの。東松さんが基準になってね。それを聞いて東松さんは笑っていましたよ」

カメラマンのエピソードといい、見合いの数といい、津代さんにまつわる話にはユーモアがあり、思わず笑ってしまう。そんな津代さんに、私はホッとする。

そうそう……、津代さんは、八十七歳の時のインタビューで、「見合いの話は三〇あった」と答えている。年を取るごとに一つずつ増えていくのが、いかにもおかしく愉快でもある。

片岡津代さん（84歳）

誠実

津代さんを思い出す時、私が最初に受けた強い印象は、やはり、「顔」にまつわるものだった。被爆マリアについてインタビューした時の津代さんのあの答。

「聖母マリアさんの傷つかれたお顔をねー、お傍に行って、私はマリア様にどうしても物語り(話しかけること)ができない。自分もちょうど、あんな風に火傷をしていたからね。胸がいっぱいになって、マリア様をお慰めして私どもと一緒に傷ついて頂いてと言うてね、ほんとねー、もう話は出来ません」

津代さんは、マリアの顔に自分の顔を重ねていたのだ。当時、八十四歳だったが、亡くなるまで被爆マリアを正面から見ることはできなかった。

私は、津代さんから受けた感動を高名さんにぶつけてみた。今回のインタビューの核心でもあった。

――被爆マリアの話を伺った時、何と言ったらいいんでしょう……、揺るぎの無いリアリティというんですか、「実」というもの……、を感じたんです。

「あの人はもうね、『実』に『誠』がつくんです。『誠実』の『誠』が。だから、『誠実』というのは、英語でFaithful（フェイスフル）と言うでしょう。Faithというのは、信仰ですものね、そのものですよ。あれは、片岡さんの持って生まれた性格と環境でしょうね」

高名さんの答えは剛速球だ。私は虚をつかれ、うろたえた。津代さんに感じた「実《リアリティ》」は、「誠実」の「実」。津代さんの発する「実」は、信仰に支えられた「誠実」だった……。だから、揺るぎがなかったのだ。

第二章で禁教に耐えた「浦上と今村」のつながりに触れたが、「二つの故郷に生きた信者

被爆マリア

たち」の重層的な祈りが津代さんの血には流れている。そんな幾百年にも亘る祈りが、津代さんの「誠実」を育んだのかもしれない……と、思ったりした。

誠実といえば、津代さんが、東松から初めてカメラを向けられた時の気持ちも「誠実」そのものだった。津代さんはこんな風に感じていたのだ。

「人に会うのもツライ時だったのに、写真を撮られることに一つも抵抗がなかったよ。これはウソじゃなかか。私もツライが、撮りに来る人もツライ、そう思えてね」

（『ＡＥＲＡ』２００１年4月16日号）

津代さんの人に対する信頼は、「誠実」という尺度によって生まれた。「顔」は、その大事なモノサシになった。

高名さんが東松氏を津代さんの所に案内した時代、被爆者の生活は実に苦しかった。「極貧」という言葉は使いたくないが、現実はそれ以上だった。被爆者たちの体験談[*1]を読むと、電気も水道も無く「原爆乞食小屋」で暮らした人、「手におぼえていた洋裁ばボツボツやって、外にも働きに出、狭かうちのひとつをよそさんに貸して、かつかつで生きてきたとです」という五十三歳の女性……。とにかく貧しかった。津代さん自身も防空壕近くの材木を拾い集めて建てた掘立小屋で暮らした。とにかく、「ツメに灯をともす暮らしを続けて来た」と語っている。原爆の後遺症に悩まされながら、高齢の母親との二人暮らしを支えていかなくてはならなかったからだ。回想によると、当時、大学病院清掃婦の給料は二八〇〇円。[*2]清掃の収入だけではとてもとても……。高名さんは、そんな時代を同情からではなく、誠実に支えた。

「生活はすごく大変でしたよ。知り合って三、四年は。だから、私は握り飯を持って行ったり、大根漬を持って行ったりしていたんですよ」

——片岡さんのことを気にかけていらしたんですね。

「一番気にかけていましたね。津代さんは私より年上なのに、『先生、先生』と言われるし。私はあの人の生きざまを見てね、「学ぶ」いうことを知りましたね」

＊1　被爆者たちの体験談『潮』一九七二（昭和四七）年七月特大号《大量虐殺から生き残っ

た朝鮮人と日本人一〇〇人の証言》より

＊2　昭和三〇年の日本人のサラリーマンの平均月収は二・九万円、日雇い労働者の賃金は四一〇円だったから、二八〇〇円の給料がどれだけ安かったかが窺われる。

第七章　被爆後

二つの天主堂

本章は、津代さんの祈りの場となったカトリック浦上教会、旧称「浦上天主堂」から始めてみようと思う。浦上天主堂は爆心地から五〇〇メートル東の爆心地圏内にあった。原爆は天主堂を直撃し、教会は破壊された。被爆した浦上天主堂は「悲劇の教会」だが、数奇な運命をたどった教会でもあった。

前述したように、幕末のキリスト教弾圧によって浦上村の信徒全員、三、三九四人は流罪となり、

浦上天主堂仮聖堂（山里御堂）（写真：長崎原爆資料館 所蔵）

浦上教会

各地へ移送され厳しい差別や拷問を受け、六六二名が悲惨な死を遂げた。これが「四番崩れ」と呼ばれ、今も語り継がれる浦上の一大悲劇だ。一八七三（明治六）年、禁教令が解かれ、ようやく戻って来た生き残りの信者たちが求めたのは、「神の家」だった。そんな折、浦上の丘の上にあった庄屋屋敷が売りに出された。屋敷は、信徒たちが「踏み絵」を強いられた場所だったが、「踏み絵の赦しを祈るに適した場所」としてこれを手に入れ、仮聖堂とし、教会を「山里《やまざと》御堂《みどう》」と呼んだ。こうして一八八〇（明治一三）年、浦上初の教会が生まれた。

しかし、次第に信徒が増え、仮聖堂は手狭になる。そこで、本聖堂の建設を計画、着工。浄財を集め、自分たちの手でレンガを積み上げ、一九一四（大正三）年、未完のまま天主堂を献堂した。それから一一年後の一九二五（大正一四）年、二つの塔にはフランス製のアンジェラスの鐘がつけられ、東洋一の天主堂が完成した。「神の家」を求めてから、実に五〇年の歳月をかけた悲願の教会である。当時四歳だった津代さんもアンジェラスの鐘の音を聞いたことだろう。浦上の信徒たちがようやくつかんだ幸せな時代だった。

ここで思い出して頂きたいのが、今村教会だ。福岡県筑後の豊かな田園風景の中に突然姿を現す「今村天主堂」。やはり、赤レンガの双搭ロマネスク作りである。浦上と今村、二つの教会を並べてみれば、まるで兄弟のようだ。

というのは、今村天主堂の設計施工に当った鉄川与助*が、浦上天主堂の建設を請け負っていたか

今村教会

らだ。二つの教会についてもう少しだけ饒舌を許して頂き、更なるつながりを述べてみよう。今村天主堂を完成させた神父の本田保《ほんだたもつ》は、長崎生まれ。母親は浦上の本原出身……そう、津代さんの生地である。「今村と浦上」をつなぐ糸は、歴史の層を形成し、二つの天主堂によって彩られている。

＊鉄川与助《てつかわよすけ》　一八七九（明治一二）年〜一九七六（昭和五一）年。父祖代々の大工業を継ぎ、カトリック教会の建設に情熱を傾けた。初めは外国人宣教師の教えを受けるが、やがて日本の風土に合わせた技術を開発した。今村、浦上の他に野首教会、堂崎天主堂、田平天主堂など、長崎の多くの教会を手がけた。

浦上教会

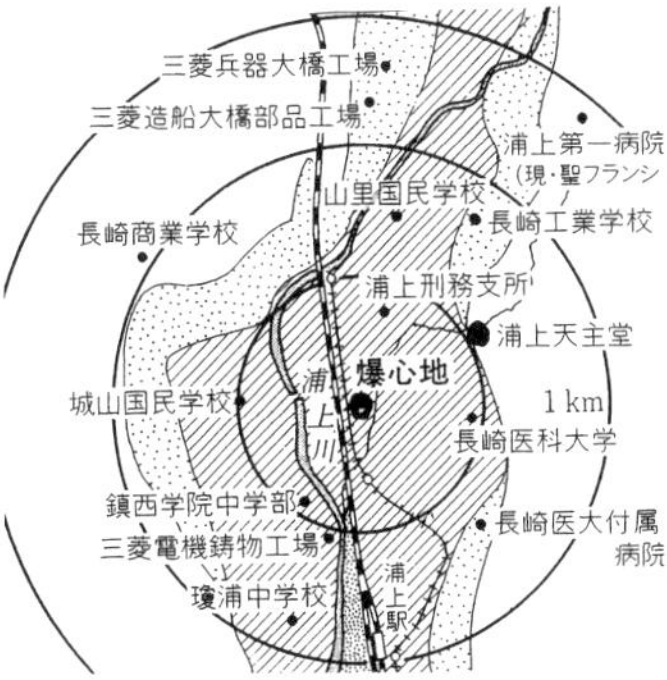

不屈の浦上教会

一九四五（昭和二〇）年八月九日、「悲願の浦上天主堂」に原子爆弾が落とされた。

五〇年近くをかけて完成させた「悲願の教会は」一瞬の内に炎に襲われ壊滅し、「悲劇の教会」となった。この日、教会にいた神父と信徒はじめ、自宅や田畑、工場や学校などにいた浦上地区の信徒の半分以上が亡くなった。その数は八、五〇〇名と言われ、長崎市全体の原爆による死者のほぼ一二％に当たる。そのため、浦上は原爆象徴の地になった。もちろん、原爆投下の中心地であり、一面原子野になったこと、亡くなり方が余りに悲惨だったこと、全身火傷ケロイドといった衝撃などが、要因に挙げられよう。私自身今でも「浦上」の文字に怖れを抱く。

壊滅した天主堂は、しかし、被爆後三五年を経て一九八〇（昭和五五）年に再び建立された。一八七三（明治六）年、流刑されていた信徒たちがようやく浦上に戻り、「神の家」を求めてから数えると、実に一〇〇年もの歳月が流れている。悲願の教会は、悲劇の教会から復活の教会へと数奇な運命をたどったが、全ては信徒たちの不屈の意志によって支えられたのだ。宗教の力の大きさ

壊滅した浦上天主堂（松山町高台から）（写真：長崎原爆資料館 所蔵）

を思い知る。

毎年八月九日のテレビ放送では必ずと言っていいほど、浦上大聖堂で祈りを捧げる信徒たちの姿が映し出される。誤解を恐れずに言えば、そんなくり返しが「祈りの長崎」のイメージを定着させた。

しかし、先述したように、被爆前の浦上地区のほぼ半分は工場地帯になっており、一万人以上の新たな人口が流入していた。地図を見ても、三菱系の軍需工場やその寮、市営住宅、学校などがあり、新たな街が形成されつつあったことがわかる。新浦上の住人の多くは、信徒ではなかっただろう。

原爆では、旧浦上に住むカトリック信徒と同様、新浦上の人たちも多数亡くなっている。また、浦上地区以外の長崎市で被災した人も多い。長崎で亡くなった人の合計は七万人以上なのだから。それにも拘らず、長崎の原爆は、「祈りの長崎」と言われる。なぜだろう。

現在のカトリック浦上教会

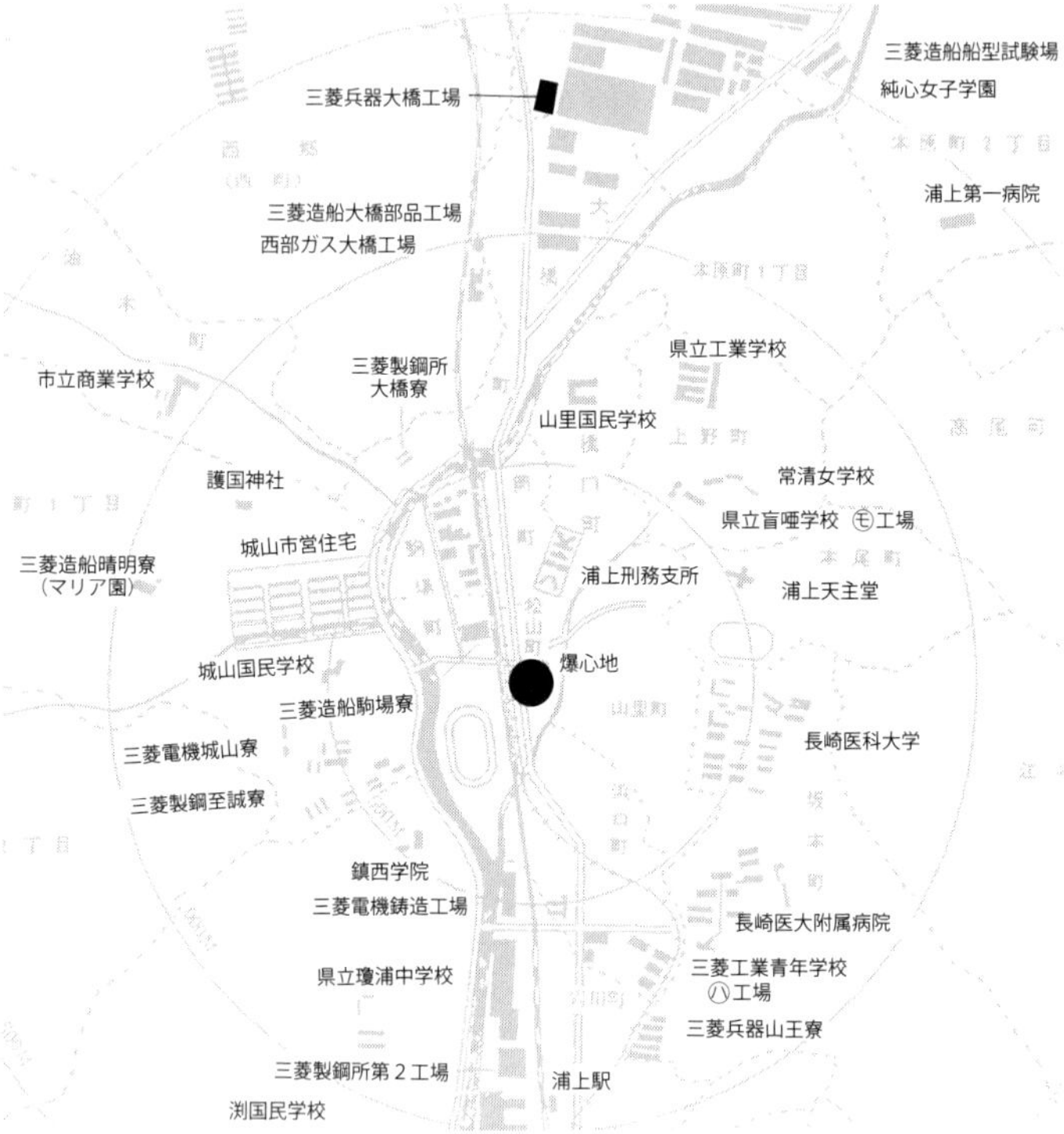

三菱造船船型試験場
純心女子学園
三菱兵器大橋工場
浦上第一病院
三菱造船大橋部品工場
西部ガス大橋工場
県立工業学校
市立商業学校
三菱製鋼所
大橋寮
山里国民学校
常清女学校
護国神社
県立盲唖学校 ㊀工場
城山市営住宅
三菱造船晴明寮
(マリア園)
浦上刑務支所
浦上天主堂
爆心地
城山国民学校
三菱造船駒場寮
長崎医科大学
三菱電機城山寮
三菱製鋼至誠寮
鎮西学院
三菱電機鋳造工場
長崎医大附属病院
県立瓊浦中学校
三菱工業青年学校
㊇工場
三菱兵器山王寮
三菱製鋼所第２工場
浦上駅
渕国民学校

被災地復元地図

燔祭説

そんな私の疑問に答えてくれたのは、『浦上の原爆の語り』（四條知恵著）だった。著書は、浦上に投下された原爆が、戦後どのように語られて来たのかを検証したものだが、その大半は永《なが》井《い》隆《たかし》の「浦上燔祭説《うらかみはんさいせつ》」に割かれている。「燔祭《はんさい》」とは、「いけにえ」の意味だ。では、永井隆とはどんな人物なのか。とりあえず、簡単にというか、ダイジェストで紹介すると、左記の様になる。

「一九〇八（明治四一）年、松江生まれ。医学博士。戦前長崎医科大学で放射線医学を専攻し物理的療法科（レントゲン科）に勤務していた。第五章で述べたが、「浦上第一病院」で被爆者治療の前線に立った秋月辰一郎医師の先輩であり、恩師でもあった。永井は元々キリスト教徒ではなかったが、一九三四（昭和九）年、浦上教会で洗礼を受け、信徒だった森山緑と結婚した。大学病院で診療中に被爆し、右頭部動脈切断の大けがを負ったが、そのまま被爆者の救護に奔走する。「原爆の聖者」と呼ばれ、被爆地長崎を象徴する人物である。被爆体験をもとにした『長崎の鐘』、『この子を残して』などを著し、ベストセラーとなった。」

もっと詳しく紹介したいのだが、宗教を基盤にした永井の言説は難解で、私の頭は混乱するばかり……とてもまとめることができない。そこで、先ずは落ち着いて、永井の代表作『長崎の鐘』を読んでみることにした。

「燔祭説」で有名な永井隆の代表作というので、構えて読んでみたが、意外だった。というのは、本の大半は原爆の被害と治療に奔走する医師としての永井の体験や所見だったからだ。これは、「浦上第一病院」で治療の前線に立った秋月医師の著書『長崎原爆記』とほぼ同じスタンスである。ところが、最終章に近づくと、なぜか物語風の会話仕立てになり、突然「神の摂理」と「燔祭論」が展開される。その箇所を引用してみよう。

《『長崎の鐘』第十一章「壕舎の客」のシーン》

一坪余りのトタン作りの永井博士の壕舎（後に、「如己堂」と呼ばれる）にカトリック信徒の市太郎さん[*1]が訪ねて来る場面だ。市太郎さんは、原爆で妻と子を失くしている。

市太郎「……誰に会うてもこう言うですたい。原子爆弾は天罰。殺された者は悪者だった。生き残ったものは神様から特別の御恵みを頂いたんだと。それじゃ私の家内と子供は悪者でしたか！」

永井隆「さあね、私はまるで反対の思想をもっています。原子爆弾が浦上におちたのは大きな御摂理である。神の恵みである。浦上は神に感謝をささげねばならぬ」

と、永井は説き、浦上天主堂の合同葬のために用意した弔辞を市太郎さんに読ませるのだ。


《……終戦と浦上潰滅との間に深い関係がありはしないか。世界大戦争という人類の罪悪の償いとして日本唯一の聖地浦上が犠牲の祭壇に屠《ほふ》られ燃やされるべき潔き羔《こひつじ》*2として選ばれたのではないでしょうか？（中略）平和を迎える為にはただ単に後悔するのみでなく、適当な犠牲を献げて神にお詫びをせねばならないでしょう。これまで幾度も終戦の機会はあったし、全滅した都市も少なくありませんでしたが、それは犠牲としてふさわしくなかったから神は未だこれを善しと容れ給わなかったのでありましょう。然るに浦上が屠られた瞬間、初めて神はこれを受け納め給い、人類の詫びを聞き、忽ち天皇陛下に天啓を垂れ、終戦の聖断を下させ給うたのであります。

信仰の自由なき日本に於て迫害の下四百年殉教の血にまみれつつ信仰を守り通し、戦争中も永遠の平和に対する祈りを朝夕絶やさなかったわが浦上教会こそ、神の祭壇に献げられるべき唯一の潔き羔ではなかったでしょうか。この羔の犠牲によって、今後更に戦禍を蒙る筈であった幾千万の人々が救われたのであります。

戦乱の闇まさに終わり、平和の光さし出づる八月九日、この天主堂の大前に焔をあげたる嗚呼大いなる燔祭よ！　悲しみの極みのうちにも私らはそれをあな美し、あな潔し、あな尊しと仰ぎみたのでございます。汚れなき煙と消えて天国に昇りゆき給いし主任司祭をはじめ八千の霊魂！　誰を想い出しても善い人ばかり……》

市太郎は原稿を読み終って、こう呟く。

「やっぱり家内と子供は地獄へはゆかなかったに違いない。」

「先生、そうすると、わし等生き残りは何ですか？」

「私もあなたも天国の入学試験の落第生ですな。」

「天国の落第生、なるほど。」と、二人は笑い合い、市太郎さんは明るい顔になって帰って行った……と結ばれている。

＊1　市太郎さん　実在した浦上の信徒の山田市太郎。原爆で妻と子供五人を亡くしている。

＊2　恙（こう）　子羊

ここで披歴された弔辞は、被爆から三ヵ月後の一九四五（昭和二〇）年十一月に行われた

「原爆犠牲者合同慰霊祭」で、信徒を代表して永井が実際に読み上げたものとほぼ同じ内容である。荒野と化した浦上天主堂の広場に「燔祭説」は高らかに謳い上げられた。

永井は、原爆は神の恵みと説く。原爆で亡くなった人たちは、選ばれた「潔き羔」であった。神は、この燔祭を受け入れ、平和がもたらされたのだと「浦上燔祭説」を唱えた。燔祭説を全く知らなかった私は、正直驚いた……そう言えば、「いけにえ」の子羊と聞いて突然思い出した絵がある。ヤン・ファン・エイクの祭壇画の中央に、捧げものとして描かれていた子羊だ。羊は胸を裂かれ血を流していた。暗い衝撃を覚えたので記憶の底に沈んでいたのだ。そうすると、原爆で死んだ人たちは、あの子羊、「神への生贄」！「いけにえ」の音が頭の中で渦巻いた。むごい。戦後生まれで、カトリック信徒で無い私には、ショックだった。

しかし、永井は『長崎の鐘』を書いた目的は、「原子爆弾の実相を広く知らせ、人々に戦争を嫌い、平和を守る心を起こさせるため」であると訴えている。そのために、「神の摂理」や「燔祭」を登場させる訳だが、目的と手段の間には、飛躍がある。それでも、永井の弔辞は、生き残った信者たちを慰め、鼓舞した。「市太郎さんも明るい顔をして帰って行った」とあった様に。

永井隆の「燔祭説」は後に大きな論争に発展するのだが、その前に四條氏の『浦上の原爆の語り』を参考にしながら、『長崎の鐘』に絞って時代背景をまとめておきたい。

［永井の「浦上燔祭説」の要点］

＊弔辞は、被爆直後の信徒たちを対象に書かれたものだった。

＊原爆投下直後に書き始められているので、被害の状況が生々しい（永井自身、著書を「実相記録」と称した）。

＊当時、日本は連合軍占領下にあり、原爆に触れる事はタブーだった。条件付きとは言え、GHQ情報統制下＊で出版が許可された作品であり、一九四九（昭和二四）年一月に発売されるとベストセラーになった。それまで、原爆の被害についてはほとんど公にされておらず、『長崎の鐘』によって、初めて人々の知るところとなった。

＊GHQ　敗戦直後の一九四五（昭和二〇）年にアメリカ政府が設置した対日占領政策の実施機関。一九五二（昭和二七）年、サンフランシスコ講和条約発効によって廃止された。

原作の人気を契機に同年、「長崎の鐘」はレコード化され大ヒットする。（サトウハチロー作詞、古関祐而作曲）二番の歌詞を紹介してみよう。

♪召されて妻は天国へ　別れて一人旅立ちぬ　かたみに残るロザリオの鎖に白きわが涙
なぐさめ　はげまし　長崎の　ああ　長崎の鐘が鳴る

「♪ああ　長崎の鐘が鳴る」と高らかに歌い上げられるその歌詞は、永井の『長崎の鐘』の最終章にあるアンジェラスの鐘の音から採られたのだろう。登場人物の市太郎さんは廃墟となった教会跡に仮の鐘吊り台を作り、鐘の音を響かせたと聞く。

歌は、連合国の禁制が解かれた一九五一（昭和二六）年の第一回紅白歌合戦で藤山一郎が熱唱し、多くの人々の感涙を誘った。「浦上の信者を慰めるために」書かれた『長崎の鐘』は、歌謡曲や映画を通して全国に広がり国民の共感を得ていく。但し、それは「燔祭論」抜きの情感に依るイメージに支えられたものであり、イメージの背景には戦争で肉親を亡くし、敗戦の辛酸を舐め尽した日本人の悲しみがあった。

こうして見て来ると、「原爆の聖者」と呼ばれた永井の言説から波及した世間のムードといったものが、「祈りの長崎」のイメージを作り上げた一因だったことがわかる。

ところで、「長崎の鐘」が紅白で唄われ、巷にメロディーが流れる頃、津代さんはどうしていたのだろうか。津代さんは長い療養生活を経て、仕事捜しに懸命だった。まだ三十歳、ケロイドの顔を晒しながらの職捜しは難しかったはずだ。ようやく決まったのは長崎大学附属病院の掃除婦の仕事だった。それにしても、人見知りで世間慣れしていない津代さんは病院の仕事をどうやって見つけたのだろう。

「(原爆後遺症と結核のため)六年間、全然働くことが出来なかったんです。何とか仕事を捜さないと、今のようにぶらぶらしておったって、と思っていたところ、親しくしていた長崎大学附属病院の門番さんに、『津代さん、あんたもね、生活していかんと。おっかーもね、年も七十五になってからね、お金もなかとぞー』と声をかけられ、病院の婦長を紹介してもらったんです。婦長さんは、私の顔を見るなり、『原爆にあわれて……』と言って、悲しんでくれました。そうして、『今は、結核病棟の掃除の仕事しかないんですよ』と言われました」

(NHK長崎　原爆100人の証言)

結核が治ったばかりの津代さんは「結核病棟」と聞いてためらうが、断る余裕は無かった。「よろしゅうございましたら、私を使ってください」と、翌日から働き始める。

「片岡さんは病気なのに、大学の掃除婦の仕事をしていらしたんです。そうしないと生活できないでしょう。高齢のお母さんと二人だったんですよ」と高名さんは、その時代の痛々しさを物語った。

片岡津代さん5　長崎大学医学部・坂本一丁目（1961年）
© Shomei Tomatsu － INTERFACE（長崎県美術館所蔵）

実はその時、津代さんの心は傷ついていた。父親は、かつて浦上の指導者的立場にあり、集落の人たちから尊敬を集めていた人物だ。「そんな片岡家の自慢の娘が、掃除婦に……」と、プライドが許さなかったのだ。だから、病院で知り合いに会うことを極端に恐れた。

「病院に知った人が来て、隠れていても『あら、片岡さんじゃない』と声をかけられると、顔から火が出るように恥ずかしかった」と告白している。

片岡家と家族同様のつき合いがあり、津代さんを「津代姉さん」と呼んでいた片岡仁志さんに思い出を尋ねると、やはりその話が出て来た。

「津代さんが後年ガンにかかられてから、ご自宅に行ったんです。ご本人は、原爆前のご自分の姿とか、能力とか、もちろんご存知ですよね。だから、『掃除婦の仕事は恥ずかしかった』っておっしゃった。大学病院は今みたいにきれいじゃない、焼け跡の古くて汚い病院ですよね。そこで知り合いに会うのは恥ずかしかったっておっしゃいました。それはそうでしょう。お父さんは。しっかりした方、立派な方だったと（私の）母が言ってました。人格者だったんですよ。だから、津代姉さんが、掃除婦の仕事をするのは恥ずかしかったっておっしゃったのは忘れられません」

ケロイドで傷ついた顔、知り合いに見られたくない仕事。原爆は、身体だけでなく、心にも深い傷を残していた。

論争

前節で述べた様に、永井の「燔祭説」は、その後大きな波紋を呼んだ。永井への批判は、連合軍の占領時代が終わり、GHQの情報統制が解かれた一九五〇年代半ばから、学者や文学者などを中心に盛んに行われた。主張の主なものを四條氏の『浦上の原爆の語り』から抜き出してみる。

「戦争責任と原爆投下の責任を追及しないままに、被爆者に沈黙を強いた」

「永井の認識はアメリカに対する恭順と弁明であり、原子爆弾の責任を覆い隠した」

「キリスト教に救いを見出す長崎の原爆は、現実の平和運動にはつながり得ない」

更に、一九七〇年代になると、詩人の山田かんが、「偽善者・永井隆への告発」と題して、「(永井は) 原爆は信仰教理を確かめるために落とされたというような荒唐無稽な感想を書き散らした。しかも、ジャーナリズムはそれらを厚顔にもてはやすというアメリカ占領軍の意を体したかのごとき活動を行い続けた」と痛烈に批判した。

八〇年代には、哲学者の高橋眞司*が、永井の「浦上燔祭説」を、《長崎の原爆は神の摂理。死者は「燔祭」。生き残った者の道は「神の試練」》と定義付け、「戦争責任と原爆投下責任に免責をもたらし、原子爆弾の正当性に道を開いた」と批判。更に、「永井がもてはやされる傍らで、被爆者の声はかき消され、被爆者援護は大きく立ち遅れた」と指摘した。

*高橋眞司　一九四二(昭和一七)年生まれ。長崎大学教授を経て、長崎平和文化研究所所長

数ある批判の中で、私が「アレッ」と思ったのは、「長崎市制六十五年史」（長崎市役所一九五六年〜五九年）に記された二行だった。

――『長崎の鐘』は、占領軍と親和的であり、過去の悲惨に対し、情緒的に運命を美化しようとする大衆の馴化に大きな役割を果たした――と書かれている。

確かに、『長崎の鐘』は歌のヒットも加わって一大ブームを巻き起こし、長崎の原爆に「情緒的な祈りのイメージ」を定着させた。しかし、永井を名誉市民として顕彰し、亡くなった際には市公葬まで執り行ったのは長崎市ではなかったか。

永井批判の中心は哲学者や文学者などのインテリ層が中心であり、個人であった。しかし、「市史」は公刊史である。その評価が時代によってこうも変わるものなのだろうか。これは、占領期を終えて発言の自由がもたらされた五〇年代以降、永井批判が噴出した社会背景や政治認識を反映している。永井隆への絶大な信奉といい、痛烈なバッシングといい、世間の評価は時代の波の中で生まれ、揉まれ、変節し、やがて消えていく。

では、片岡津代さんは、永井説をどう捉えていたのか。先ず、高名さんの説明から。
「片岡さんは『はんさい』という言葉も知らないわけですから、なんと酷い目にあったんだろうと。『でも、こうして自分が生きているのは、神様がまだ生きとけって思っていなさるのやろ』と言っていましたね」

そして、本人の言葉。

――被爆後、永井隆先生が浦上に原爆が落ちたのは神の摂理であると言われたことは、カトリック信者を誤らせたと言って、先生が死なれてから非難する方がおられます。私は一番苦しい時に原爆は神様の御摂理だと思ったから生きていくことができました。そうでも思わなければ苦しみと悲しみのために死んでいたと思います。人様はどうか知りませんが私はそうでした。でも、原爆は悪です。二度とあってはならないことです――

（「長崎〈11：02〉1945年8月9日」）

津代さんの受け止めに、私は思わず頷く。しかし、七万人以上を殺し、多くの負傷者を苦しめ続けた原爆投下を、神の摂理として受け止めることは、私にはできない。たとえ、それが信者たちを慰め得たとしても。七三、八八四人もの人間が神の生贄として捧げられるなんて、……「神とはなにか」と、問いたくなる。

五〇年代に入って、堰を切ったように噴出した永井批判だが、これとシンクロするように、長崎の反核運動が動き始める。

長崎原爆乙女の会

一九五一（昭和二六）年、九月八日に調印されたサンフランシスコ平和条約により、日本は主権を回復した。それまで沈黙が強いられていた原爆も情報統制が解かれ、自由に語る事ができるようになった（と言っても、アメリカからの圧力は尚、強かった）。前節で述べた様に、永井批判を契機に原爆の実態が徐々に明らかになり、アメリカの原爆投下責任が問われ、反核運動へと発展していく。

その先駆けとなったのは、一九五五（昭和三〇）年六月に結成された「長崎原爆乙女の会」だった。創設したのは、渡辺千恵子（当時二十六歳）。渡辺は女学生だった十六歳の時、爆心地から二・五キロメートルにあった軍需工場で被爆。崩れた建物の下敷きになり、脊椎を損傷、下半身不随となった。「乙女の会」は、被爆した同世代の若い女性たちが悩みを分かち合う小さな集まりから出発している。一九五六（昭和三一）年には、男性グループ「長崎原爆青年の会」が加わり合流して出来たのが、「長崎原爆青年乙女の会」だった。この時、中心になったのが、山口仙二《やまぐちせんじ》。後に反核運動のリーダーとなる人物だ。

原爆が落とされた時十四歳だった山口は、学徒動員で、三菱兵器製造工場大橋工場に通っていたが、八月九日は工場裏で防空壕を掘っていた。その作業中にピカッと青白い閃光を浴び、被爆した。全身に大火傷を負い、意識を失う。顔から胸に残ったケロイド痕に生涯悩まされた。ここまでの状況は津代さんとよく似ている。津代さんも、あの日、同じ工場で被爆、大火傷を負い、顔にケロイド痕が残った。山口の手記に当日の状況が書かれているので、一部を引用する。

――どれだけ倒れていたか判らなかった。気がついた時、私は鍬《くわ》を持ったまま壕の中に倒れていた。……周囲は一変していた。手も足も広げたまま肌が黒くなって天を仰いだようにして倒れている人々、寝転んででもいるかのように伏せている人々。なに気なく工場の方を見た私は、むくむくと吹き上げている巨大な火柱に驚いた。……私は何時しか、その場から走り出していた。十人も二十人もの死体を踏み越えて浦上川へと急いだ。数メートルもあった崖から、私は川に飛び込んだ。そして無我夢中で泳いだ――

（山口仙二『焔と影』）

大火傷を負いながらも助かった山口は、大村海軍病院で八ヶ月間の治療の後、一九五三（昭和二八）年に長崎大学附属病院でケロイドの手術を受けている。津代さんが掃除婦として働いていた病院だ。ここから、二人の人生がクロスする。

仙ちゃん

もう一度、長崎の反核運動の流れを追ってみよう。先述した「長崎原爆青年乙女の会」が発足して、反核運動は大きなうねりになっていく。時代の要請もあった。一九五四（昭和二九）年、第五福竜丸事件*が起き、原水爆禁止運動は世界的な展開をみせていた。そういった状勢を背景に、翌一九五五（昭和三〇）年八月六日には、広島で第一回の「原水爆禁止世界大会（以下、原水禁世界大会）」が開催された。沈黙していた被爆者たちが声を上げ始める。長崎の中核となったのが、若い「原爆青年乙女の会」だった。会の運動は一気に熱を帯びていく。五人からスタートした会は、合流して六〇人になっていた。「乙女の会」の中心となった渡辺千恵子は一九五六（昭和三一）年八月九日に長崎で開かれた第二回の「原水禁世界大会」で、母親に抱かれながら壇上でスピーチを行った。

「……大会にご出席の皆さま、みじめなこの姿を見てください。わたしが多くを語らなくとも、原爆の恐ろしさはわかっていただけるものと思います。学徒報国隊のとき原爆にあい、鉄筋のハリの下敷きとなってしまいました。上半身だけで生き続けているわたしは、母なくしては生きていられないのです。なんでわたしたちは苦しまなくてはならないのでしょうか。いくたびか死を宣告され、いくたびか死のうと思ったわたしでしたが、母の愛にはどうしても勝つことができませんでした。一〇年間、まったくかえりみられなかったわたしたち被爆者は、昨年の広島大会で初めて生きる希望が出てまいりました。これも皆さまがたとわたしたち被爆者とがしっかりと手をにぎることができたからではないでしょうか。皆さま、ほんとうにありがとうございました。（中略）世界の皆さま、原水爆をどうかみんなの力でやめさせてください。そしてわたしたちがほんとうに心から、生きていてよかったと言う日が一日もはやく実現できますよう、お願いいたします」

彼女は泣いていた。スピーチが終わるや、会場はわれんばかりの拍手に包まれた。

＊第五福竜丸事件　一九五四（昭和二九）年三月一日、アメリカがビキニ環礁で行った水爆実験のため、日本の漁船「第五福竜丸」が放射性物質を浴び、乗組員が被曝した事件。

一方、第一回の原水禁世界大会が開かれる一年前の一九五四年の夏、山口仙二は単身で上京していた。長崎から東京まで無賃乗車の末、ようやく国会議事堂の前に立った。「なぜ、国は被爆者の治療費を出さないのか」と訴えるために。その時二十三歳。一途な熱血漢だった。その二年後の一九五六年に「乙女の会」と「青年の会」が一緒になった「長崎原爆青年乙女の会」を結成し、会長に就く。若い被爆者たちは、人に言えなかった苦しみを語り合い、強い仲間意識でつながっていった。かつてのメンバーは、山口を「誰とでも気さくに話す行動の人」と評した。やがて山口は反核運動に身を投じ、リーダーシップを発揮する。

丁度その頃だろうか。津代さんも「長崎原爆青年乙女の会」に入会している。大学病院で知り合った山口に声をかけられたのかもしれない。* 山口仙二は一九三〇（昭和五年）年生まれで津代さんより九歳年下だ。カトリックでは無かったが、人見知りの津代さんが、年下の山口には心を開き、弟の様に思った。そう推察するのは、二人ともケロイドの「顔」にコンプレックスを抱いていたからだ。津代さんが語った思い出話にこんなくだりがある。

――私と同様に、被爆して顔に醜いケロイドのある男の方に、その話（バスの中で、子供たちにケロイドの顔を見つめられた話）をしたことがございます。するとその方は、「そげんときは、もっと見ろ、もっと見ろ、おいはいうとぞ」とおっしゃいました。やはり男の方です。「おじちゃんの顔はよかろう、きれいかろ、もっと見らんね」と――

（「長崎〈11：02〉1945年8月9日」）

誰とは指していないが、たぶん、山口仙二のことだろう。津代さんは心強く思ったに違いない。津代さんの信頼は、やはり「顔」から生まれている。津代さんは、山口のことを「仙ちゃん」と呼んだ。

＊「乙女の会」入会について　ある学校の先生から、「乙女の会にこんね。原爆禁止の運動を今からしよう」と言われたのが最初だったと、津代さんは語っている。その後、山口からの誘いがあった。

新しい世界

「山口仙二さんが作られた会に、私も入っているんですけど……」と言って、津代さんは「原爆青年乙女の会」に高名さんを誘っている。高名さんと出会ってすぐの頃だ。渡辺千恵子が「原水禁世界大会」で感動的スピーチを行い大きな反響を呼ぶなど、若い「乙女の会」はヒートアップしていた。そこで津代さんは何を感じ、何を思ったのだろうか。

注目したいのは、「乙女の会」はカトリック信者の集まりでは無いということだ。つまり、津代さんが浦上のフィールドを出た初めての世界だった。

浦上に生まれ、敬虔なカトリック信徒として育ち、被爆。長く苦しい療養生活を経て、ようやく見つけた掃除婦の仕事。高齢の母親との二人暮らしは厳しかっただろう。「神の試練」と思い、祈りを捧げ耐える日々……。そうやって浦上のカトリック信者の中でひっそりと生きて来た津代さんが外に出て初めてふれた新しい人たち、燃えるような熱気……、新鮮だったに違いない。高名さんは、当時の会の様子を、「ケロイドのひどい方も、無傷の方もいらして。職についている方も、ついていない方もいらして、いろいろでした。そんな中で、津代さんはちょっと距離を置いたポツンとした感じでした」と話した。人見知りの津代さんが「こわごわ」と新しいステージに上がっていく様子が目にみえるようだ。しかも、津代さんは当時三十五歳。十代が中心の若い仲間たちより年長だったのだから、なんとなくの疎外感もあったろう。それでも、「ああ、そうだったのか」と思わせる意外なエピソードを見つけた。

当時、長崎市の婦人青年相談員だった木下澄子は「乙女の会」を初めて訪れた時の印象を、「あそこの娘さんは人が行くと白い目でにらむから、行かないほうがいいなどといわれましてね。おあいしてびっくりしたのですが、人と話したことのない千恵子さんはぶるぶる震えているんです」と語った。後に平和運動の先頭に立つ渡辺千恵子にして、「こわごわ」だったのだ。やはり、乙女だ。

「原爆から生き残っても、最初の一〇年間は誰も語りかけてくれず、『あんな体で生きていてなんになるんだろう』と白い目で見られ、自分も頑なに口を閉ざし、死ぬことばかりを考えていた」と渡辺は振り返る。

（渡辺千恵子著『長崎に生きる』）

津代さんも同じ思いだったに違いない。実際、それまでは被爆者たちが表に出ることはなく、身を潜めるように生きて来たのだから。

もう一つ、「乙女の会」に編物グループがあったことも意外だった。乙女たちは、自立するためには技術を身につける必要があると考え、編物機を購入したのだ。冬は毛糸のセーターを、夏はレースのブラウスなどを編み、資金にした。渡辺は、「いつもにぎやかで、編物のすすみ方より口のほうが多いくらい」と当時を懐かしむ。そう言えば、津代さんは編物が得意だった。「こわごわ」ながらも、そんな雰囲気に親しみを覚えたのかもしれない。

新しい世界の階段を上る津代さんに手を添えたのは、山口だけではない。実は、高名さんも大きな原動力になっていた。一九五八（昭和三三）年、広島で開かれた第四回の「原水禁世界大会」に津代さんを誘ったのだ。当時二十五歳、高名さんも若かった。行動力もあった。

——あんまり外に出たことのない津代さんが、よく行かれましたよね。

「初め、『行かん』と言ったんですよ。とても逡巡してたの。それでも勧めたら、『先生（高名さん）が行きなさるなら、私も行ってもよか』と承諾したんです。それで、津代さんと、被爆者センターが奨学金を出していた女子高校生を連れて、三人で行きました」

大会には、ノーベル化学賞を受賞したライナス・ポーリング博士*初め、世界各国から代表者が出席していた。見たこともない世界に津代さんは驚いたことだろう。

この話は電話で伺ったのだが、その時を振り返る高名さんの声は弾んでいた。「ほら、その年はねー、ちょうど巨人の長嶋がデビューした年だったんですよ。広島で試合があって、盛り上がっていましたよ」

確かに、一九五八（昭和三三）年にデビューした長嶋は、「原水禁大会」が開かれていた八月六日に広島戦に四番打者として出場している。ヒーロー長嶋の誕生に日本中が沸いていた…、なんだか時代を感じてしまう。ついでに書き加えると、翌年の後楽園球場の天覧試合で、長嶋は伝説の逆転ホームランを打っている。「原水禁と長嶋」、時代とは何もかも呑みこんでしまう込むカオスのようだ。高名さんへのインタビューを続けよう。

――津代さんは、広島大会に参加されて、どんな反応だったんですか。

「反応はね……『来て悪かった』という感じじゃなかったですね」

高名さんの答に私は少し戸惑った。「悪かったという感じじゃなかった」とは、「良くはなかった」ということ……？　しかし、高名さんは少し間を置いて、こう答えた。「新しい世界に入ったという感じかな」

なるほど、津代さんは、新しい世界に入ったんだ。「乙女の会」で、カトリックとは違う人たちにふれ、新しい考え方を知り、「原水禁世界大会」で階段を一つ上がった。人生の第二章の始まりだ。

「津代さんが運動に参加するきっかけを作ったのは私でもあるんだから、責任を感じるんですよ。だから、それからの津代さんに寄り添いました」と高名さんは言った。

一九五〇年代からの長崎の平和運動はこうした若いエネルギーによって動いたのだなと実感する。「沈黙」から、「発言」へ。津代さんのフィールドは大きく展がっていった。

津代さんは、「仙ちゃん」と「先生」（津代さんは十二歳下の高名さんを「先生」と呼んだ）に伴走する様に、こわごわながら、平和運動への道を歩み始める。

＊ポーリング博士　アメリカの化学者（一九〇一年～一九九四年）。一九五四年ノーベル化学賞受賞。更に一九六二年、地下核実験反対運動によりノーベル平和賞を受賞した。

ハードル

歩み始めたと言っても、敬虔なカトリック信者の津代さんにとって平和運動へのハードルは高かった。一九五〇年代の反核・平和運動には共産党の影響が大きく、原水禁運動に参加すると「アカ」と呼ばれた。渡辺千恵子も、「被爆地とはいえ、市民の平和に対する意識は低く、原水禁運動にたずさわる者はアカと言われた」と述べている。これは、カトリック信者の津代さんも同じ、いやそれ以上だった。「アカの手先になってよかとか、新聞に載ってもよかとか」など、信徒仲間からのバッシングは強かった。

――占領期以来、カトリック教会が反共姿勢を明確にするなかで、浦上のカトリック教徒にとって「アカ」と呼ばれることとは、信仰を否定されることと同義であった。長崎のカトリック教界には、とくに政治的な主張と結びつくことを嫌う土壌もあると言われる――

（四條知恵著『浦上の原爆の語り』）

津代さんは、「乙女の会」を一年足らずでやめている。バッシングのせいでは無い。「バス賃がなくなったから」と本人はあっさり言っているが、事実、借金に苦しんでいたのだ。一九五六（昭和三一）年の台風で、住まいの屋根や戸がはがされ、修理に費用がかかった。また、胆嚢炎《たんのう》の薬代もかさみ、バス賃にも困り果てたのだ。その辺りの微妙な現実を高名さんはこう話す。

「『乙女の会』の集まりは、町の真ん中にある渡辺千恵子さんの家の二階であっていたんですよ。だから、夜出てきたら、浦上まで電車で帰って、降りたら歩かなきゃいけないでしょう。だから、体の弱い津代さんには負担なんですよ。仕事もあるし、経済的なこともあるし。それに、会員の人たちと、そぐわない面もあったでしょうしね」

それでも、津代さんは運動への意志を捨てなかった。なぜだろう。これについて、本人がこんな話をしている。

「いまは、生きのびた生命を、与えられた使命のために努めたい。精いっぱい勤務に励み、たまに顔のケロイドのことを親身に聞いてくださる患者さんがあれば、詳しく、原爆の恐ろしさ、悲惨さをお話することにしています。それが、私にできるせめてもの〝原水爆禁止運動〟なのです」

これは、一九七二年七月特大号の『潮』に《長崎被爆者の証言・「悪夢の27年間」》と題して掲載されたものだ。津代さんの「運動」のきっかけになったのは、やはり「顔」だった。病院で掃除婦として働く津代さんを見て声をかけて来る患者さん。ケロイドの顔を見られるのを一番嫌がった津代さんが、自らの体験を話し、質問に誠実に答える、……被爆から二七年、五十一歳。人生の第二章を歩み始めた津代さんの新しい実りだった。

ここで、私は被爆直後に母親トモさんが津代さんにかけた言葉を思い出さずにはいられない。

「あー、母はね、私の火傷の顔を見てどれだけ辛かっただろうと思うんですよ。それをねー、『顔はどうなってる』って、『うん、少しばかりよ。だから、手も足もやけどして傷だらけになってるけど、顔は少しだから、生かされたもんね、お前』って」

「顔は少しだから、生かされたもんね、お前」……もう一度かみしめてみよう。「生かされたもんね」には、顔の傷を乗り越えて生きて欲しいと願う母親の一心が込められていたことに気づく。娘の人生の第二章への祈りだったのだ。

あれほどコンプレックスを抱いていたケロイドの顔を晒すことで、津代さんは「せめてもの」と言いながら、「私の原水爆禁止運動」の一歩を踏み出した。「乙女の会」の渡辺千恵子が下半身不随の体を晒し、運動へのスタートを切ったように。

ハードルを越えた津代さんは、自分の第二章を誠実にそして強く生きる。津代さんを撮り続けた写真家の東松照明は、「津代さんに会うたびに僕はいつも教えられるなあ。生きようとする強い意志に」と、つぶやいた。

ノーモアヒバクシャ

渡辺千恵子や山口仙二を中心に長崎の平和運動、反核運動はダイナミックに動いていく。一九五六（昭和三一）年六月には「長崎原爆被災者協議会」、「日本被爆者団体協議会」、八月には、「日本原水爆被害者団体協議会」（被団協）と次々に発足。山口は主要メンバーになった。それにしても、運動が盛んになればなるほど、組織は分裂したり統合したりと、実に目まぐるしい。私の頭では、どれがどれなのやら正確に把握できない。「原水爆禁止日本協議会」にしても、一九六五年にイデオロギーの違いから分裂している。しかし、山口や渡辺は、所謂活動家ではなかった。後年、山口仙二は放送局のインタビューにこう答えている。

――ビキニ事件（第五福竜丸事件）とかいろいろありましたからね。これはどうしたって、世界的にも、反核運動をちゃんとしなければいかんなと思いましたもんね。そういうのは、背景にあったように思います。日本の反核運動は、思想はなかったですもんね、当時は。いまはどうか知らんですけど。思想なしで反原爆の運動をね、国民的な運動を展開していったというのが、あるんです――

（ＮＨＫ長崎　原爆100人の証言）

そんな山口を象徴するのが、一九八二（昭和五七）年にニューヨークで開かれた「第二回国際連合軍縮特別総会」での演説だ。山口は被爆時の十四歳の自分の写真を掲げながらこう訴えた。

「……私の顔や手をよく見てください。世界の人々、そしてこれから生まれてくる人々、子どもたちに、私達たちのようにこのような被爆者に、核兵器による死と苦しみをたとえ一人たりとも許してはならないのであります。核兵器による死と苦しみは私たちを最後にするよう、国連が厳粛に誓約して下さるよう心からお願いを致します。私ども被爆者は訴えます。命のある限り私は訴え続けます。ノーモアヒロシマ、ノーモアナガサキ、ノーモアウォー、ノーモアヒバクシャ」

身長一五〇センチで痩身の山口だったが、全身から絞り出された「ノーモアヒバクシャ」の訴えには、強さがみなぎり、想いが溢れていた。同行した高橋眞二（長崎大学教授、永井の

「燔祭説」を批判）は、「世界的な出来ごとだった」と顧みた。

私は、山口仙二のこの演説をビデオ映像で見たのだが、その一途さが津代さんと重なった。とんでもない思い込みかも知れないけれど、ケロイドの顔を晒しながら、全身全霊で訴える誠実さに共通するものを感じるのを禁じ得なかった。高名さんも津代さんのことを「すると決めたら一直線の人」と評した。

戦争は人間のしわざです

二〇二〇年八月九日、長崎原爆投下七五年平和祈念式典の「平和への誓い」で、被爆者代表深堀繁美《ふかほりしげみ》さんは、ヨハネ・パウロ二世の「戦争は人間のしわざです」という言葉を引用した。これは、三九年前、長崎のカトリック信者に大きな変革をもたらした歴史的メッセージから採られたものだ。遡ってみよう。

一九八一年二月二十五日、カトリック・ローマ教会のヨハネ・パウロ二世が小雪舞う長崎空港に降り立った。

第二六四代教皇となったポーランド出身のパウロ二世は、「平和と戦争反対」を呼びかけ、世界一二九ヶ国を訪問し、「空飛ぶ教皇」とも呼ばれるアクティブな教皇だった。そんな教皇が、日本にやって来た。ローマ・カトリック教会の最高峰が初めて日本を訪れるという大ニュースに、信者はもとより日本中が沸き返った。

来日に当っては、訪問地に被爆地である広島と長崎が選ばれていた。東京を経て、広島を訪れた教皇は、広島平和公園で歴史に残るアピールを行う。公園を埋め尽した聴衆を前に、日本語で発せられた第一声。

《戦争は人間のしわざです。戦争は人間の生命の破壊です。戦争は死です》

続けて、「戦争と核兵器の脅威にさらされながら、それを防ぐための、各国家の果すべき役割、個々人の役割を考えないですますことは許されません」と訴えた。

現在の私たちにとっては至極穏当な内容に聞こえるが、当時の被爆地、とりわけ浦上の信者たちにとっては驚きだった。ショックだったかもしれない。あの「燔祭説」に従い、沈黙を守り、ひたすら祈りを捧げて来たからだ。永井の「原爆は神の恵み」を否定する「戦争は人間のしわざです」は、浦上の信者に大激震をもたらした。

その衝撃の大きさを、広瀬方人《ひろせまさひと》*は、「長崎の私たち信者の心を最も強く打ったのは、広島で発表された『平和アッピール』であった。それまで、原爆が投下されたのは神の摂理であるから被爆の苦しみには黙って堪えなければならないとひたすら考えてきた信者にとって『平和アッピール』は天からの声であった」と語った。

＊広瀬方人（一九三〇年～二〇一六年）十五歳の時被爆。後に、被爆体験を伝える活動に専心した。「長崎証言の会」や「原爆青年乙女の会」の会長を務めた。

ところで、今回のパウロ二世の長崎訪問には、もう一つ、聖職者としての大きな役割があった。それは、カトリック信者への叙階と洗礼だ。叙階とは、聖職者を任命することだ。二月二十五日夕刻、浦上教会大聖堂は司教、司祭、シスター、それに浦上小教区の信徒など約二、〇〇〇人の参列者で埋まった。

ここで、日本におけるカトリック信者の数をみておくと、＊長崎教区には約六万人を越える信徒がおり、東京に次いで二番目だ。しかし、人口比では、断然トップの全国一位である。また、司教、司祭の数、教会数でも全国一位で、日本におけるキリスト教発祥の地の歴史を今に物語っている。その中核となるのは、もちろん浦上である。

パウロ二世は、「この叙階式は、私の日本での使徒的旅行の頂点をなすものです。長崎の信者たちが三〇〇年以上もあらゆる迫害に耐えて信仰を守り続けたことに私は深い感動をもち、大浦天主堂で長崎に着いた宣教師と浦上信者たちとの出会いを思い出します」と浦上の信仰を称えた。ローマ・カトリック協会において、日本での長崎の地位がどれだけ高いものかを示している。

＊日本のカトリック信者数　二〇一八年の統計によると、日本のカトリック信者は約四四万人で、これを人口比にすると全国平均で〇・三五％。一方、長崎は六万七〇〇人で、人口比四・四％と全国一位である。

翌二月二十六日、長崎市の最低気温はマイナス三・九度。爆心地には雪が積もった。パウロ二世は、全国から集まった五七、〇〇〇人の観衆を前に、松山競技場でミサを行い、七五人に洗礼を授けた。そして、「恵みの丘長崎原爆ホーム」＊で、被爆者に向け、次の様なメッセージを送った。

「皆さんがきょうまで耐えてこられた苦悩は、この地球に住むすべてのひとの心の痛みとなっています。皆さんの生きざまそのものが、すべての善意に向けられた最も説得力のある《戦争反対、平和推進》のためのアピールなのです。……皆さんは絶え間なく語りかける生きた平和アピールであり、わたしたちはみんな、皆さんのおかげをこうむっているのです」

被爆者は「生きた平和アピール」。これほど被爆者を讃え、勇気づけるメッセージがあるだろうか。教皇の言葉は、多くの被爆者の心を揺り動かした。

＊恵みの丘長崎原爆ホーム　一九七〇（昭和四五）年、シスター江角マキによって建てられた被爆老人のための養護ホーム

この時、津代さんは、切なる思いを託して教皇の言葉を待っていた。

――ローマ法王様が、本当のことをアピールなさるでしょうと思って、一番小さなテレビを買って、絶対にこれを聞きたいと。これ（原爆投下）が、神の摂理だけだったかということをね。私も半信半疑やったですから。私は絶対に聞きたいと思ったんです。（これまで）「神の摂理」とばっかり言われて、私もつらかったですよ。摂理となれば、償いですよ。神様に背いたものだけが、こんな傷をうけるのだろうかと思って、悲しくてたまらないからね、法王様に会えるということはうれしかった。私はね、仕事を休んで、聞きました。テレビに耳を当てて聞きました。そうしたら、真っ先に『戦争は人間のしわざです』っておっしゃるんです。ああ、そうだったかって。それから私は心がいくらかすーっとなったんです。うれ

しくて――　（NHK長崎　原爆100人の証言）

余談になってしまうが、津代さんの感想を聞いて、一九八一（昭和五六）年まで、家にテレビが無かったという現実に私は驚いた。*「一番小さなテレビを買って、家で法王のお言葉を聞いた」というつましさ。津代さんは、この日のために買ったテレビに耳をつけて「お言葉」を聞いていたのだ（左耳は被爆のため難聴だった）。

＊一九八一年当時のテレビ普及率は九八・五%で、ほとんどの家庭にテレビがあった。

津代さんの人生の第三章を開いたのは、パウロ二世だった。以来、津代さんは原爆体験を伝える決心をする。この時、六十歳になっていた。

カトリックだから

「一番苦しい時に原爆は神様の御摂理だと思ったから生きていくことができました。そうでも思わなければ苦しみと悲しみのために死んでいたと思います」。そう言って、信仰に生きた津代さんだったが、やはり「神の摂理」に悩み、苦しんでいたのだ。ケロイドの顔を初めて見た時、「死にたか」と思い詰めたけれど、カトリック信徒の津代さんには自ら命を断つことは許されなかった。だから、「祈りの長崎」の日々を重ねた。しかし、心の底では、「教会は壊され、自分はこんなに難儀して……」と、「なぜ」の思いを抱えていたのだ。誰にも告白できない悩みだったに違いない。

――これが神の御摂理なのか、と思いながら、それでもだんだんたつうちに、いや、これは御摂理などではない。神がこんなに人間をむごたらしく無差別に殺すはずはない、と思えてきたのです。でも、その思いを口には出せませんでした――

（「戦争・原爆は人間のしわざです」――あるカトリック信者の被爆証言）

「だんだんたつうちに」とは、「乙女の会」で、カトリックとは異なる世間を見聞きし、「原水禁大会」で新しい世界にふれた意識の変化だろう。津代さんは、祈りを越えて何かをつかもうとしていた。そこに手を差し伸べたのが、パウロ二世だった。「戦争は人間のしわざです。戦争と核兵器の脅威にさらされながら、それを防ぐための個々人の役割を考えないですますことは許されません」の一節で、津代さんの心は決まる。「それが、生かされた被爆者の使命。今立ち上がる時じゃないだろうか」。天啓ともいえる瞬間だった。

高名さんは、それからの津代さんをこう語った。

「パウロ二世が来るまでは、人に話をするのを非常に逡巡していたんですよ。そして、あの人はひたすらね、原爆で被爆したということは、試練だと思っていたんです」

――そんな津代さんにパウロ二世は大きな影響を与えたんですね。

「だから、あの人のなかで、『神様がそんなに原爆を浦上に落とされるだろうか』と思っていたと思うんですよ。それまでは、体験を話してくれと言っても、引っ込み思案だったんですよ。でも、ローマのパパ様*が来て、『先生、私も元気で話をせんといかんですね』って言うから、『頑張ってよ』って言ってたんです」

――でも、あの津代さんが、よくそこまでジャンプできたなという気がするんですけど。

「カトリックだからと言って、大っぴらに出来たんですよ。『カトリックだから、私はします』って」

――エッ、それはどこでおっしゃったんですか。

「云わないけれども。それはパウロ二世が来てから。『ローマのパパ様もああ云われたんだから』と。だから、あのパウロ二世が来られたというのは、長崎にとって画期的、歴史的なことだったんです」

敬虔なクリスチャンだった津代さんが、三十半ばを過ぎて、「原水禁運動」に関わり始め、浦上の信徒たちから「アカ」と呼ばれ、疎外された。居場所を失った津代さんは、人生の第三章を神に問うていたかもしれない。ところが、パウロ二世により、平和への行動が正義の指標となった。お墨付きをもらったようなものだ。「カトリックだから私はします」。津代さんは、決然と原爆体験を語り始める。

ところで、私がずっと気になっていたのは、津代さんの暮し向きだ。大学病院の掃除婦の収入だけでは、被爆治療を受けながらの母娘二人の生活は苦しかったはずだ。しかし、時が助けてくれた。戦後の日本に、ＧＨＱの意向による農地改革で大きな変化がもたらされる。地主の土地の一部を政府が買い上げ、小作農家に譲り渡したのだ。そんな時期だろうか、先祖からの土地に兄が家を建ててくれた。津代さんは、やがて土地の一部に借家を建てる。高名さんは、そんな時代を知っている。

「私が初めて行った時は、掘立小屋みたいだったけど、その内に、津代さんたちの家が建って、その隣に借家を作ったのね。東松さんは、『なんたって、津代さんは大家さんだもんね』と冷やかしていましたよ」

そしてもう一つ大きな助けがあった。被爆一二年後の一九五七（昭和三二）年、原爆医療法が制定されたのだ。施行の年に被爆者手帳が交付され、医療費の給付が始まっている。山口仙二が、止むにやまれず上京し、「国は被爆者の治療費を出せ」と訴えてから三年後のことだ。以来、改訂を重ねて特別被爆者（二キロメートル圏内の被爆者）の医療費が無料化された。一九六八（昭和四三）年には特別手当が支給されるようになる。以降、被爆者援護は拡大、拡充され、一九八一（昭和五六）年には、特別手当と医療手当が統合された「医療費特別手当」によって、月額九八、〇〇〇円を受け取れるようになる。この時、所得制限も撤廃されている。それでも、原爆医療法制定から数十回の法令の改正を重ね現在に至っているというのに、補償問題は未だ完全に解決されてはいない。

津代さんが、どの時点でどんな手当てを受けたのかを知ることはできないが、何らかの給付を受け、生活は次第に安定していったのではないだろうか。六十歳を過ぎた頃には掃除婦の仕事を勤め上げ、年金を受け取る事が出来るようにもなっている。その頃から「原爆を語る」活動に専念していく。物心両面で時を得たと言える八〇年代がスタートした。

フィルムの中の顔

二十四歳で被爆、パウロ二世の「戦争は人間のしわざです」までのほぼ三六年間を「原爆は神の摂理」であると信じ、津代さんはひたすら祈り続けた。「神が……、なぜ」と思いながらも、それを口にすることなく、苦しみ、悩み、ただ祈った。毎日鏡を見ながら、「なぜ」と思う日々を重ねたのだ。女性にとっては余りにも残酷な仕打ちだ。

しかし、人生は時に奇跡を起こす。一九八〇年代の反核運動のうねりの中で、津代さんにその「奇跡」が訪れた。一九八二年、ローマ・バチカンで、直接パウロ二世に謁見することになるのだ。

きっかけは、一本のフィルムだった。広島、長崎への原爆投下直後に米国戦略調査団が撮影していたフィルムがアメリカの国立公文書管理局に保管されていた。その一部を日本で買い戻す運動が起こる。全部で八五、〇〇〇フィートの内の一〇フィートずつを市民の募金で買い取ったので、「一〇フィート映画運動」と呼ばれた。この一〇フィートの中に、津代さんが写っていたのだ。ケロイドの顔のアップと、病院のベッドにポツンと坐る姿が、生々しく痛々しい。一九八二年、フィルムをもとにした記録映画『にんげんをかえせ』が完成し、ヨーロッパとアメリカ各地を巡回する。上映に当っては、被爆者も同行し、体験を伝えようということになり、津代さんが選ばれたのだ。当時のいきさつはこうだった。

「東京から岩倉さん*がおいでて、こうこうと言って、平和を求めるために被爆者の人たちがね、運動をしてくれないかという相談がありました。『あー、そうですか？ 私は人の前に立つこともできん。顔がね、人に晒すのは出来ないんですけど』と言って、すぐ『はい』とは言えませんでした。そしたら、（後日）岩倉さんから『ローマ法王様の所に行ってください』って電話があって、『ああ、そうですか』って言うて、お受けしたものの、もうがたがた震えて、一晩眠りきらんやった」

（NHK長崎　原爆100人の証言）

一年前、家のテレビにかじりついて見たパウロ二世の姿。バチカンに赴き、その教皇に直接会うというのだ。津代さんでなくても震えるだろう。

＊岩倉さん　「一〇フィート運動」事務局長の岩倉務《いわくらつとむ》。

反戦の士

話は横にそれるが、津代さんに奇跡をもたらした岩倉務について、少し述べてみよう。岩倉は、一九三四（昭和九年）年の東京生まれ。世界各地の戦争記録を収集し、「平和博物館を創る会」を発足させた。同時に、反戦、反核、平和を考えるための映画を作る運動を起こし、「一〇フィート運動」を進める。岩倉は会の事務局長を務め、一九八二年には、原爆記録映画『にんげんをかえせ』などの三部作を製作している。この時、岩倉と共に会の中心を担ったのが、草壁久四郎《くさかべきゅうしろう》。[＊1]草壁は、長崎に原爆が投下された時、毎日新聞長崎支局の記者として原爆を伝えた人だ。後に映画評論家となり、親交のあった映画監督の黒木和雄に一本のドキュメンタリーの企画を持ちかける。「テレビ長崎とテレビ西日本でポーランドとの合作番組制作の話がある。どうかね」という内容だった。黒木監督は、草壁の企画に乗り、長崎の被爆地とポーランドのアウシュビッツを重ねたセミ・ドキュメンタリー、「かよこ桜の咲く日」[＊2]を制作した。この作品に、被爆者の一人として片岡津代さんが登場している。一九八五（昭和六〇）年の放送だから、津代さんがバチカンから帰って「原爆を伝える」活動を始めた頃だ。

その時のコメント。

「顔のケロイドを人に晒すことはつらかったです。初めて鏡を見たときはショックでした。化け物同然だと思い鏡を投げつけました。……どうやってこの顔を晒していけばいいのだろうかと途方にくれました。……まず何よりも第一に戦争をしない。そうすれば核を使わない。私はそう願っています」

津代さんは、ここでもやはり「顔」の話をしている。被爆直後のフィルムに偶然写っていたケロイドの顔といい、ドキュメンタリーで語った顔へのコメントといい、津代さんの人生を運命づけたのは「顔」だった。私は、「津代さんにとっての顔とは……」を、改めて考えずにはいられない。

＊1　草壁久四郎（一九二〇年～二〇〇一年）毎日新聞記者を経て、毎日映画社社長から評論活動へ。カンヌ、ベルリンなど世界の映画祭の審査委員を務めた。また、記者時代の原爆体験をもとに合作映画「アウシュビッツ―ナガサキ」を製作。「一〇フィート運動」では、プロデューサーを務めた。

＊2　「かよこ桜の咲く日」　ポーランドの女子大生が、コルベ神父の長崎での足跡をたどりな

がら、原爆の惨状を知るというストーリー。爆心地から近い城山小学校で学徒動員として働いていた林嘉代子《はやしかよこ》さんが原爆で亡くなった。母親は娘を偲んで桜の苗木を小学校に植える。やがて桜は見事に咲き誇り「かよこ桜」と呼ばれた。「かよこ桜」をきっかけに生まれる女子大生と母親のふれ合いを通して、長崎とアウシュビッツの悲劇を描いたテレビドキュメンタリー。

敢えて、この話を持ち出したのは、「かよこ桜の咲く日」が動き出していた頃、制作局だったテレビ西日本に私が勤務していたからだ。打合せで福岡の本社を訪れた草壁氏と黒木監督にお目にかかったのをはっきりと覚えている（と言っても、まだ駆け出しで、お茶を出しただけだったが）。その時は、まさか自分自身が長崎を取材することになるとは夢にも思わなかった。縁だろうか。

縁といえば、岩倉務、黒木和雄、そして前述した広瀬方人……登場する方たちが同じ年代なのに気付く。一九三〇（昭和五）年代のお生まれだ。戦時中は少年だったが、戦争時の傷を心に深く抱えていた。後に、岩倉は戦争三部作を携えて世界をまわる。黒木監督は長崎と広島の原爆をテーマに名作を残す。広瀬は同志社大学に進み、全国で初めての「長崎原爆展」を大学で開いた。原爆の実態を世に知らしめた人だ。卒業後、故郷長崎に戻ってからは、反核運動の先頭に立った。因みに、黒木監督と広瀬は同志社の同窓だ。こういった「反戦の士」が作り出す新しいムーブメントが反戦・反核の世論を醸成し、平和運動に弾みを与えていく。

一方、「乙女の会」の渡辺千恵子は、「反戦・反核」の士として、世界を駆け巡っていた。一九八二（昭和五七）年、あの山口仙二が「ノーモアヒバクシャ」の演説を行ったニューヨークでの「第二回国連軍縮特別総会」に出席。一〇〇万人デモに参加し、アメリカ各地での講演も行った。翌年には、当時の西ベルリンで開かれた欧州核軍縮運動第二回大会に出席し、平和行進に参加。国内では、全国各地への「平和の旅」を重ね、長崎では修学旅行生に被爆体験を語り続けた。世界を舞台にした渡辺の活躍ぶりは、「車イスのジャンヌダルク」と呼びたくなるほどだ。しかし、一九九三（平成五）年六十四歳で逝去。原爆を背負いながら、平和運動に生涯を捧げた「反戦の乙女」だった。

生きていてよかった

さて、津代さんだが、岩倉からの申し出を受けて、「自分の様な者がパパ様と本当に近づきができるだろうか」と不安の日々を送りながら、遂にその日を迎えた。津代さんにとっては初めての海外、ましてローマまでの旅はさぞ長かっただろう。緊張はピークに達していたかもしれない。

一九八二（昭和五七）年七月二十一日、バチカンの聖ピエトロ広場には一一ケ国から九万人が集まり、教皇の祝福を求める歓呼と喝采に溢れていた。この時の様子はビデオ映像で一部しか見る事が出来なかったが、津代さんが映画フィルムを持って、パウロ二世に「パパ様のお力をたくさん頂きたい」と言っているのが辛うじて聞き取れた。緊張していた津代さんは、その時のことを良く覚えていない。

「法王様が訴えてくださったんですよ。原爆がどんなに恐ろしいかを。その後は、わからんごとなったんです。パパ様が何をおっしゃってくださったのかを。ただ、最後に『戦争はいけません。がんばってください。お体を大事にがんばってください』と言われたのがわかった。そこだけ」（NHK長崎　原爆100人の証言）

「生きていてよかった」と感激の言葉を述べる津代さんは、濃いブルーのスーツを着て、美しく輝いていた。母親のトモさんが生きていたら、どんなに喜んだだろう。しかし、トモさんは、二〇年前の一九六二年、八十六歳で亡くなっていた。その時四十一歳だった津代さんは、以来一人暮らしを続けた。

「津代さんのお母さんは、どんな方だったのだろう。知りたいな」と思っていた所、教えてくださったのは、あの片岡仁志さん。津代さん一家を良く知る方だ。

「お母さんは、明るくて面白い方でした。年を召されて寝込んでしまわれるまで、足腰が立つうちは、ほとんど私の家に遊びに来ていらした。津代さんにユーモアがあるのは、おトモおばあちゃんの血を引いているんじゃないですか」

被爆から三七年目の夏。ローマ教皇に謁見した津代さんは号泣した。母親に「生きていてよかった」と報告したに違いない。

時の人

感激を胸に、「私のことが平和に役立つのであれば」と、津代さんは体験を語る決心をする。あるカトリック被爆者は、「ローマ法王のアピールを聞いて、津代さんは別人のようになった」と驚いた。

この頃、長崎では被爆体験を伝える「語り部」[*1]運動が盛んになっていた。前述の広瀬方人は、一九八二年から長崎に来る修学旅行生に被爆遺構を案内しながら、体験を伝える活動を始めている。毎年七〇校余り、一万数千人の生徒たちに原爆の悲劇を語ったという。折しも、一九八三年には、長崎市と被爆者団体によって、「長崎平和推進協会」が設立された。協会には、被爆体験を語り継ぐ「継承」、外国人を招いて講演会を行う「国際交流」、写真などの資料を収集する「写真資料調査」、平和コンサートなどを行う「音楽」の四つの部会が設けられた。

設立にあたっては、高名さんも奔走した（この時、長崎市役所に勤務）。

「平和推進協会を作る時、私は脳しんとうを起こすくらい最敬礼してまわったんですね。何とか、千人位は集めないといけないと思って。長崎の被爆者の人で、そういうことをしてくれそうな人をまわったんです。そしたら、市街地《まち》の人で、『あの人たちはカトリックやけん』って。私たちはお諏訪さん[*2]の氏子だから、原爆にもあっとらん』って言ったりする人もいるわけですよ。ホントにもう……」と、当時の苦労を語った。

先述した様に、長崎の原爆は南の市街地ではなく、北部の浦上を直撃した。そのため、市街地の人たちと浦上では、「原爆」に対する意識に温度差があった。また、第二章「禁教」の節でも述べた様に、キリスト教弾圧の浦上の歴史を指して、原爆投下を「浦上五番崩れ」と呼んだ人達もいた。禁教の歴史は、四百年を越えて尚、原爆の悲劇を共有できない枷になっているのだと驚いてしまう。歴史とは恐ろしい。

＊1 語り部 高名さんへのインタビューの中で、「それで、津代さんは語り部を始めたんですね」と質問した時、「私はね、『語り部』という言葉が大嫌いなんです。なぜかというと、それって、差別の部民《べみん》でしょう。語り部は、マスコミが作った言葉ですよ」と一喝されたので調べてみると、古代では、首長の下に隷属した部民とあったので、本書では、「語り部」を、例えば「語り人」などに改めようと思ったが、これまで「語り部」で通用し、記録されて来たので、そのまま表記することにした。現在は「証言活動」と表現していることも多い。

＊2 お諏訪さん 長崎市にある諏訪神社。戦国時代、イエズス領となった長崎では、諏訪神社をはじめ、社寺はキリスト教徒によって破壊された。しかし、江戸時代に神社は再興され、諏訪神社は、長崎の産土神となった。一連の差別発言には、積年の遺恨があったのだろうか。やはり、歴史は恐ろしい。

それにしても、一九八〇年に入って、長崎での反核・平和運動は堰を切ったように活発になっている。そんな動きの中で津代さんの出番（？）は急激に増えていく。引っ込み思案で、表に出る事を嫌った津代さんが、「良くもここまで」と驚いてしまうが、高名さんはこう断じた。

「時代ですよ。あの時代が津代さんを必要としたんです」

時代……確かに、そうかもしれない。一九五一（昭和二六）年、日本の主権が回復し、原爆について公に語ることが出来るようになると、それまで沈黙を強いられて来た被爆者の存在がクローズアップされるようになった。津代さんは、著名な写真家、東松照明のモデルとして全国に知られ、撮影の申し込みが相次いだ。一九八二年にはパウロ二世に謁見し、地元テレビ局や新聞各紙の取材が殺到する。一九八三年には、被爆者を代表して「平和の誓い」を宣言。一九八五年には黒木監督のテレビドキュメンタリーにも出演している。言ってみれば、長崎の被爆者代表として脚光を浴び、一躍「時の人」になったのだ。

何しろ、こうと決めたら「一直線」の性格だ。津代さんは、「長崎平和推進協会」に属し、体験を語り続けた。

「何も良いことはできないけど、人の前に、人に見られることさえ、つらいのに。立って話をするということは、がたがた。足も震えて。でも、何ヶ月かたってから、少しずつ良くなって。そして、六年くらいたったら、顔のことば忘れておりましたよ。おかしいですね。人の前で、慣れてしまって。生徒さんたちに、ちゃんと手も見せて、顔はちゃんと見えるから、足も全部ですよ。それから運動を十一年させてもらいました」

（NHK長崎　原爆100人の証言）

津代さんは、堂々と顔を出し、手や足の傷まで見せるようになっていた。八〇年代は、津代さんの時代だった。

第十一章　祈り

被爆マリア

「はじめに」でも書いたけれど、私が津代さんに強く魅かれたのは、「被爆マリア」をご覧になった時の気持ちを伺った時だった。

「あのねー、あの聖母マリアさんの傷つかれたお顔をねー、お傍に行って、私はマリア様にどうしても物語りができない。自分もちょうど、あんな風に火傷をしていたからね。胸がいっぱいになって、マリア様をお慰めして私どもと一緒に傷ついて頂いてと言うてね、ほんとねー、話は出来ません。いまだに」

ほのかにうっとりした様にマリア像を想い浮かべる表情は、とても清潔で愛らしかった。

その「被爆マリア」だが、調べてみると、実に数奇な運命をたどったことがわかった。

第七章「不屈の浦上教会」で述べた様に、一九一四（大正三）年、浦上に悲願の天主堂が完成した。その時、イタリアから高さ二メートルのマリア像が贈られている。ムリーリョ*の絵画「無原罪の御宿り」に描かれたマリアをモデルに製作された木製のマリア像で、両眼には青いガラス玉がはめ込まれ、水色の衣をまとい、頭の周りには一二の星が飾られていた。

＊ムリーリョ　バルトロメ・エステバン・ムリーリョ（一六一七年〜一六八二年）一七世紀のスペイン黄金時代を代表する画家。聖母像や子どもの絵を多く手がけた。

無原罪の御宿り（ムリーリョ画）

しかし、原爆投下で教会は全壊、マリア像も焼失した。ところが、戦後焼け跡を訪ねた一人の神父によって、マリア像の頭の部分が発見されたのだ。見つけたのは、野口嘉右衛門神父。浦上出身で、昭和四年に北海道トラピスト修道院に入会している。敗戦後、復員し浦上の実家へ戻るが、浦上教会の焼け跡に立ち寄りマリアの首を見つける。この辺りのいきさつは、野口神父が浦上の川添神父に宛てた親書に具《つぶさ》に語られているので、一部を引用する。

――私、十二、三歳の頃だったと思います。イタリアから聖母像が送られて、祭壇の上部、天井に安置されました。その美しさ、神々しさ、少年だった私の心に深い印象を与え、自然と心が引かれて行くのを感じていました。そうして修道院へ入会する時、聖母像の前に跪いて、聖母マリア様、私は遠い遠い北海道のトラピスト修道院へ参ります。もう此の聖堂でマリア様の御前でお祈りすることは二度とないと思います。然しどこに居ても私をお守り、お助けくださいと、お別れの御祈りを致した事を、今日に至りても覚えております。（中略）八月十五日終戦。十月除隊となり、復員しました。そして私は北海道へ帰院せねばなりませんので、焼け倒れた聖堂から何か少しでも遺物か記念品を欲しくなり、教会へ探しに行きました。行ってみますと辺り一面大きなガレキの山で、どこから入ってよいのか全く見当がつきません。（中略）十字架も、御身のあの美しい御像の姿も全く見当たりません……暫く黙禱していました。目を開いて目前を見ますと、真っ黒に焼けこげた聖母の御顔が、悲しい、なつかしい目付きで私を眺めておられます。私は、「ああマリア様、やった、バンザイ」と叫びました――

手紙には、北海道のトラピスト修道院にこれを持ち帰り、大事に保存していた。やがてその事が新聞記事になったので、原爆三〇周年の行事が浦上で行われる折に、教会に返す決心をしたと綴られている。そして、手紙の最後には、「凡そ三〇年間、私の個室の机上に安置して祈りました。今日でも始終、あの真っ黒に焼けこげたお姿が思い出され、ことにロザリオを唱える時は目前に浮かんでいます」と書かれていた。

なんだかとてもドラマティックなエピソードだ。「被爆マリア」には、人を引き付けてやまない力があるのだろう。戦後、戯曲や小説、映画や歌のテーマにもなっている。信仰の力だけではない、何かが秘められているのだ。知り合いの画家は、初めて被爆マリアを見た時「泣いているようだ」と感じ、マリアの顔を描いた。

さかいようこ　被爆マリア（油絵）

こうして、一九七五（昭和五〇）年に、「被爆マリア」は浦上に戻った。野口神父の回想を読んで「ああ、そうだったのか」と、ようやく気づいたのだが、被爆前には津代さんも聖堂の中央に安置されていたマリア像を見ていたはずだ。若かった津代さんは、マリアのきれい

被爆前マリアと津代さん

な顔を知っていた。うっとりと見つめていたかもしれない。だから、だから……、顔に焼け痕の残ったマリアの気持ちが痛い様にわかったのだ。被爆後の傷ついたマリアの顔にばかり気を取られていた私は、その事に思い至らなかった。被爆前の美しいマリア、美しい津代さんに、原爆で傷ついた顔を重ねるのは残酷だろうか。しかし、私は「被爆マリア」にも、津代さんにも、この上ない気高さを感じるのだ。

浦上教会に戻った「被爆マリア」は、一〇年後の一九八五（昭和六〇）年バチカンへ、二〇〇〇（平成一二）年には、チェルノブイリ原発事故で大きな被害を受けたベラルーシへ。二〇一〇（平成二二）年には、バチカン、ゲルニカからニューヨークへと平和巡礼を行っている。沈黙の「被爆マリア」……、目は空洞になり、右頬は黒く焦げていても、圧倒的な存在感で世界の人々に感動を与えた。

七五年目の八月九日

二〇二〇年の平和祈念式典は、コロナ禍の影響で広島、長崎共に規模は大幅に縮小されたが、例年通り、各市長による平和宣言、首相挨拶は行われた。一連のセレモニーの中で、私は長崎の「平和への誓い」に注目していた。というのは、今年の「誓い」を朗読する深堀さんは浦上の敬虔なカトリック信徒だと聞いたからだ。津代さんの「誓い」から三六年後になる今年、八十七歳の深堀さんは、何を語るのか。

誓いの言葉は、前半に深堀さんの体験が、後半では、あのパウロ二世の「戦争は人間のしわざです」が引用され、昨年長崎を訪れたフランシスコ教皇の「核廃絶」アピールへと繋がれた。その一部分。

――そして三九年前に広島でヨハネ・パウロ二世教皇の「戦争は人間のしわざです」との印象深い言葉をより具体化し、核兵器廃絶に踏み込んだフランシスコ教皇*の言葉に、どんなにか勇気づけられたことでしょう。さらに、「長崎は核攻撃が人道上も環境上も壊滅的な結末をもたらすことの証人である町」とし、まさに私たち長崎の被爆者の使命の大きさを感じる言葉をいただきました。また、「平和な世界を実現するには、すべての人の参加が必要だ」との教皇のよびかけに呼応し、一人でも多くの皆さんがつながってくれることを願ってやみません――

かつて、長崎のカトリック信者に大激震をもたらしたパウロ二世の「戦争は人間のしわざです」というメッセージは、四〇年を経ても息づき、現在までしっかりとつながっていた。私は改めてパウロ二世がもたらした影響の大きさに感嘆した。浦上のカトリック信徒たちは、あれ以来、「祈りの長崎」を越えた行動への意志を持ち続けていたのだ。

＊フランシスコ教皇（一九三六年生まれ。二〇一三年教皇に就任）。二〇一九年に日本訪問。パウロ二世以来三八年ぶりの来日だった。「核兵器の保有はそれ自体が倫理に反する」と、一貫して核廃絶を訴えている。長崎訪問の際には、深堀さんが献花用の花を教皇に手渡した。

もう一つ驚いた事がある。最初は「誓い」を固辞した深堀さんを「語る」ことへと導いたのはあの「被爆マリア」だったのだ。

深堀さんは、神学校にいた十四歳の時、三菱長崎造船所で被爆している。「あの日の惨状は誰にもわからない」と、それまで決して体験を話すことは無かった。しかし、長い沈黙を破るきっかけになったのは「被爆マリア」だった。初めて見た瞬間、「像は身をもって戦争の悲惨さを伝えている」と、マリア像に自分の想いを託した。それからは、「被爆マリア」の公開に尽力し、マリアを安置する小聖堂の設置を進めた。「被爆マリア」の海外での「平和巡礼」にも同行し、二〇一〇年、スペインのゲルニカ*を訪問する。その時、市民たちの戦争体験を語り継ぐ姿に感動し、「自分も話さなければ」と思うようになったという。以来、被爆体験を一〇年にわたり修学旅行生たちに語り続けて来た。今も「被爆マリア」が納められた小聖堂で礼拝の日々を続けている。

*ゲルニカ　スペイン北部バスク地方にある都市。スペイン内乱下の一九三七年、フランコ将軍を援護するナチス・ドイツが町に無差別爆撃を加えた。この大虐殺に抗議して、ピカソは大作「ゲルニカ」を描く。

渾身の語り

敬虔なカトリック信徒の深堀さんは、被爆後「祈りの長崎」を続け、体験を語るまでに六〇年以上沈黙を守り通したと聞く。こうした歳月を知ると、「語る」までの葛藤の深さを思い知らされる。私がこれまでテレビ取材した戦争体験者もそうだった。インタビューに応えて頂くまでには、長い時間が必要だった。会ってもらえない方も多かった。戦争体験によって受けた傷の深さは、戦争を知らない世代には話さない。この距離を埋めることは難しい。出来ないかもしれない。私はそう思いながらも、取材では、執拗にインタビューを重ねた。若かったからできたのかもしれない。「万に一つの事実でも明らかにできれば」と思っていたからだ。

深堀さんは「話してもわかってもらえない」と、家族にも体験を語ることはなかった。しかし、「被爆マリア」との出会いで心が動く。思うに、それはキリスト教伝来四〇〇年に亘る浦上の古層が培った篤い信仰が導いたものではなかったか。不思議なことに、導きは一瞬の啓示によって与えられているのだから。

津代さんの場合もそうだ。証言をする決心を促したのはパウロ二世のひと言だった。被爆後、ケロイドの顔を隠してひたすら祈りの日々を続けた津代さん。体験を語るまでには四〇年近くもの年月が流れている。そんな「祈りの長崎」を越えるまでには、人に言えない葛藤を抱えて生きた。しかし、パウロ二世の「戦争は人間のしわざです」という言葉を聞いた瞬間、「私は天にも昇る心地で、生きていてよかったと心の底から叫びました」と、解放の歓びに震えた。長い禁教に耐え、受忍を重ねて来た祖先たちの一途な祈りがその瞬間へと導いたのだろうか。しかも、津代さんには、浦上と筑後、二つの故郷の記憶が刻まれている。土地の記憶は厚い層となって、津代さんに力を与えた。

津代さんは六十歳を過ぎてから被爆体験を語り続けた。講演をビデオ映像で見たのだが、その迫力に驚いた。全力投球と言っていいほど力の入った語りだったからだ。内容はもちろん、ご自分の被爆体験なのだけれど、一言一言に魂を込めて思いの丈を伝えている。渾身の語りといったらいいのだろうか。もう一つ驚いたのは、くっきりと眉を描き、口紅を引いていらしたことだ。あれほど苦痛だった「鏡」と正面から向きあっての粧《よそお》いに、津代さんの強い意志を感じた。高名さんは、そんな津代さんをこう表現した。

――高名さんは、片岡さんの語りを聞いたことがおありですか。

「ありますよ。内容は、極めてプライベートですよ。話すとだんだん高揚してきて、声が高くなるんです」

――聞いた子供たちの感想はどうだったんでしょう。

「一度、津代さんが言われたのはね、『私たちは原爆の被害にあって、体も弱くて病気をしている』と言うけれど、『あのおばさんは元気そうにしゃべるよね』と、（子どもたちは）思っているんじゃないかと思うことがありますよって。だけど、もう帰ったらクタクタですって。家で電気もつけずに寝ていると、姪が来て、『おばちゃん、そんなにきついなら話に行くのはやめたら』って言うとですって」

それだけ全身全霊だったのだ。手を抜くことができない一途さが窺える。パウロ二世のアピールに感動して証言活動を始めた津代さんは、とにかく一所懸命。だから、顔はもちろん、手や足のケロイドも晒して懸命に語ったのだ。かつて山口仙二が、国連で、全身の力を振り絞って「……私の顔や手をよく見てください。世界の人々、そしてこれから生まれてくる人々、子どもたちに、私達たちのようにこのような被爆者に、核兵器による死と苦しみをたとえ一人たりとも許してはならないのであります」と、「ノーモアヒバクシャ」を訴えた様に。やはり、二人の一途さは共通している。とにかく、まじめで、一直線だ。

津代さんは七十歳を越えた頃、約一一年間続けた証言活動を終える。胃がんの手術も受けていた。それからは祈りを捧げながら、一人静かに過ごした。それでも、新聞社や放送局のオファーに応えて、体験を伝えた。私もインタビューに応じて頂いた一人だ。でも、あの時お目にかかって良かったと心から感謝している。あの時は、気取らない、ユーモアのある津

代さんだった。被爆者の方へのインタビューということで気構えていた私はホッとしたのを覚えている

片岡家と親しく、津代さんを「津代姉ちゃん」と呼んだ片岡仁志さんは、「おトモおばあちゃんは明るかった。だから、ユーモアがあるのはお母さん似。頭の切れるのはお父さん似だと思いますよ。津代さんは、頭の切れる方ですよ。インタビューなさった時にそれをお感じになりませんでしたか」と、逆に質問されてしまった。思い出してみれば、私のインタビューに、ユーモアを交えながらも、的確に、真摯に答えてくださった。そんな津代さんに私は魅かれたのだ。

「正面から向き合って、被爆マリア様に語りかけることが出来ない」という一言もそうだ。聞いた瞬間に私は津代さんの「実」を感じた。高名さんは、それは宗教によって育まれた《Faithful（フェイスフル・誠実の意）》だと教えてくれた。

津代さんへのインタビューの中で、考えさせられたのは、津代さんが、被爆後に初めて自分の顔を見て、思わず鏡を打ち捨てたというエピソードだ。女性にとって、「顔」は命だ。その命が、やがて「この人は信頼できるかどうかを見極める」、つまり「どう生きていくか」の尺度になった。津代さんが慕った高名さんといい、東松照明といい、山口仙二といい、信頼したのは、相手が持つ「Faithful」だった。高名さんは、それを「真実の共鳴」と表現する。

訃報

二〇一五（平成二七）年一月、新聞各紙は片岡津代さんの訃報を報じた。前年の暮れの二〇一四年（平成二六）年十二月三十日、長崎の病院で亡くなっていた。九十三歳だった。

訃報はこんな風に報じられた。

［朝日新聞］二〇一五年一月四日朝刊《長崎で被爆　語り部活動　片岡ツヨさん死去》
「自分を平和の道具として使ってほしい」と語り部を始めた。修学旅行生らに体験を語る際には、「この顔ば、もっと良く見んね」と訴えた。……晩年は認知症が進んでいたが、ミサでの祈りは欠かさなかったという。
また、一月六日の「天声人語」には、沖縄の「ひめゆり学徒隊」の生存者だった宮城喜久子さんと共に「戦争の語り部二人の訃報」として取り上げられている。

［西日本新聞］二〇一五年一月四日朝刊《片岡ツヨさん死去　法王と面会の被爆者》
一九八二年にローマ法王に面会した被爆者の片岡ツヨさんが昨年一二月三〇日午後七時三二分、肺炎のため長崎市の病院で死去した。九十三歳。……二四歳の時、爆心地から一・四キ

ロ離れた三菱兵器大橋工場で被爆し、顔や手におおやけどを負った。その姿を写真家の故東松照明さんが約50年に亘って撮影し、国内外に発信した。

津代さんは、辛い体験を乗り越え、被爆体験を伝え続けた平和活動家として、また、ローマ教皇と謁見した長崎の被爆者として、また、「平和への誓い」を読み上げた長崎被爆者の代表として篤く報じられた。

シャローム

津代さんの訃報を知って、もう一度お会いしたかったと切に思った。だって、あんなにチャーミングな被爆者なんていらっしゃらないから。私は九年前に初めてお目にかかった時の印象を今も大切に持ち続けている。でも、病院や施設に入られての晩年は知らない。お幸せだったのだろうか。

そう思いながら、津代さんの晩年の言葉に、「お祈りをせん（ミサに行けない）日は、シャロームをね。心にこうして持って、尽くしております」とあるのを見つけた。「シャローム」とはヘブライ語で「平和」という意味だ。それを知った時、津代さんは最後まで平和を祈っ

片岡仁志神父

たのだと私は思った。しかし、「平和」は、「戦争と平和」という一義的な意味での「平和」では無いことを知る。それを教えてくださったのは、津代さん一家と親しかった片岡仁志さんだ。実は、片岡さんはカトリックの神父である。

少し遡ろう。今年八月に入って、私は長崎市三原にある「本原教会《もとはらきょうかい》」に電話をしていた。津代さんの生まれた本原……もしかしたら、津代さんは本原教会に通っていたのではないかと思ったからだ。すると、電話に出た方が、すぐに、「ああ、津代姉ちゃんのことですね」とおっしゃった。それが、片岡神父だった。「津代姉ちゃん」という響きに私は興奮した。「これで津代さんの生い立ちが分かる！」

片岡神父は、津代さんのご両親のこと、ごきょうだいのことを詳しくご存知だった。それでも、お答えには「私が知っている限りでは、ですよ」と必ず付け加えられる。

――津代さんをいつからご存知ですか。

「戦争前からです。三菱兵器に勤めに行っていらしたのを知っています。原爆の時、私は九歳ですから。まあ、年が違いますからね、つきあうという機会も無いし、ただ、おトモおばさんの所におつかいに行く程度ね」

――美人でいらしたと聞いていますけど。

「子どもなりに見ても、端正な顔立ちでした。すらっとしてね」

私は片岡さんが神父とわかった時、津代さんの最期の言葉、「シャローム」について伺おうと決めていた。私には、「シャローム」の真の意味がわからない。片岡神父に巡り会ったのは、導きかもしれない。どうお答えになるだろうか。緊張した。

――津代さんは、体が弱って教会に行けなくなった時、「お祈りせん日は、シャロームを心に持って尽くしております」とおっしゃったそうですが、津代さんの「シャローム」とは、どんな意味だったんでしょう。

「神の赦す愛を謙虚に受け入れる。それを受け入れることがシャローム、安らぎですよね。本当の平和です。津代さんはそういう意味でおっしゃったと思いますよ。私はそういう風にとります」

――津代さんは、顔のケロイドをどう受けとめていらしたんでしょうか。

「だから、津代姉さんは原爆の後、何十年も苦しんだと思います。人生を台無しにされてしまった。苦しんで、苦しんで、考えて。利口な人だから考え抜いて最後にたどり着いたのが『シャローム』。シャロームと言うのは、素晴らしい愛の関係だと思う」

「シャローム」……宗教心の薄い私は真の意味を理解できなかったことを告白しておく。そういえば、敬虔なカトリック信者の津代さんだが、信仰について直接語ったことは、意外に少ないと気づく。探してみると、「傷ついた私のあゆみ」と題された回想録の中に、こんな一文を見つけた。五十一歳の時のものだ。

――この浦上地帯といいますと、もともとカトリック信者の多い地帯でしょ。これは、戦争だけのあれじゃない、もしかしたら摂理でね、平和を求めるために浦上をつかって神さまがなさったことじゃなかろうかという考えも起こってきたのでした。一面では、私は自分の一生涯を傷つけられて、原爆にたいして怨みを持ちました。ほんとに、ああほんと、この原爆がこの自分のうえになかったら、ああ望みあった。ほんとにしあわせだったと嘆いたこともたびたびありました。

（中略）

苦しみというのは、信仰のうちですね。神のおぼしめしっていうこともありますし、神のしわざっていうことも感じましてね、私たちカトリック信者は「神に捧げよう、捧げよう」って犠牲を捧げることが、いちばん神様に対する信仰なんですよ。そいで、神の摂理ということも考えたわけなんです。外からみますと、この浦上の人たちは、原水禁運動もすすんでしないで、自分さえ気持ちがすめばいいっていうエゴイストだといわれたりしました。でも、神のおぼしめしにしたがって、神に祈っておったらば、いつかは平和がくると思って待ったんです。——

書かれたのは、一九七二（昭和四七）年。永井隆の「燔祭説」が信者の心を支えた時代から、「原水禁運動」などを通して、反戦反核運動が高まった時代に生きた津代さんの気持ちが反映されている。しかし、長崎の被爆者が注目されていくにつれ、津代さんは信仰と運動の狭間で悩む。運動に参加すれば、「アカ」と呼ばれ疎外された。何もしなければ、「エゴイスト」と呼ばれる。苦しんだ数十年だったろう。
そんな状況でも、津代さんをずっと悩ませたのは、やはりケロイドの「顔」だった。

――だれもそうだったでしょうけど、自分がこれだけ傷をおって、これからさき、世の中に顔をさらしていかんばならんという絶望感ですね。私も、かぞえ二十四歳で原爆を受けるまえは、娘時代の花のさかりでした。人なみにあったかどうかはわかりませんけど、自分では自分なりに誇りをもっておりました。それが一瞬にして、あんなにして心身共に、もとへもどらない不具者になったわけでした。

（中略）

こんなにいうのも、やっぱし、うすい信仰と私は思うております。カトリックの信仰に、もう私は熱心ではありません。一面では、「ああ、ほんと、この犠牲を神に捧げねばね。なにか自分にも償いがあったのではないかね。これに耐えていかねばならん」と思いますけど、やっぱし人間の弱さでしょう。夜になれば、ひとりでしくしく泣くことも何回かありました

――

津代さんは揺れていたのだ。もがき、苦しみ、嘆き、救いを求めてひたすらに祈った。そ

こに手を差し出したのが、パウロ二世の「戦争は人間のしわざです」のひと言だった。津代さんはその手をつかんだ。

「シャローム」の意味を繰り返し問う私に、片岡神父は、フランス語で書かれた聖書の註釈書の一節を示された。

《Croire, C'est prendre la main que Dieu Nous tend, par Jesu pour devenir des vivants》

訳すと、こんな意味だ。

「信じるということは、私たちが本当に生きている者となるために、イエズスを通して神が私たちに差し出してくださる手をつかむことです」

"prendre"……、この言葉に津代さんの生涯が象徴されているのではないか。

「つかむ」……確かにそうだ。津代さんは、苦しみながらも自分自身の手で神の導きをつかもうと懸命に生きた。祈って、祈って……考え抜き、行動した。そこに津代さんの強さがあり、美しさがあったと思う。その輝きに私は打たれた。

今回のドキュメント（記録）で、ナビゲーターをして頂いた高名晶子さん。津代さんを見守り、共に歩いて来られた方だ。実に貴重なインタビューだった。当時の津代さんの行動や気持ちが、高名さんの深い見識によって甦った。それを頼りに、私は津代さんの輝きの源泉を追った。そして、「シャローム」にたどり着く。

キリスト教徒でない私が、こうして「シャローム」の前に佇む時、かつて取材した戦争体験者の言葉を思い出す。「『戦争は悪だ、平和は尊い』と念仏のように唱えても、平和は来ませんよ」。彼は、地獄のニューギニア戦から奇跡の生還を果たした兵士だった。戦後は重い体験を背負いながら苦しみと闘い続けた。一生をかけて。「シャローム」、それは闘いながら尚、苦しみを乗り越えようとする人間の「意志」にもたらされる平穏ではないだろうか。私はそう信じたい。

高名さんのインタビューの最後に、私はこんな質問をしていた。

――津代さんの一番お好きなところはどんな所ですか。
「迷いの無い所ですよ。結局、カトリシズムというのは、『普遍』ということでしょう。だから、津代さんは『私も苦しかった、私も苦しかった』というのを、普遍性を持つ体験に変えたんですね。片岡さんは、原爆の苦しみを思想にまで高めることが出来た人だと思いますよ」

津代さんの平和への意志は、「シャローム」へと導かれた。

主な引用・参考文献

『長崎〈11：02〉1945年8月9日　フォト・ミュゼ』（一九九五年　新潮社）
『ナガサキは語りつぐ　長崎原爆戦災誌』（一九九一年　岩波書店）
『浦上の原爆の語り』（四條知恵　二〇一五年　未來社）
『長崎原爆記　被爆医師の証言』（秋月辰一郎　二〇一六年　日本ブックエース）
『九州のキリシタン大名』（吉永正春　二〇〇四年　海鳥社）
『太陽が消えたあの日』（一九七二年　童心社）
『ピーストークⅡ　法王様のはげましを受けて』（一九八八年　長崎平和推進協会）
『長崎の鐘』（永井隆　二〇〇九年　勉誠出版）
『長崎に生きる』（渡辺千恵子一九七九年　新日本出版）
『私の戦争』黒木和雄（二〇〇四年　岩波書店）
『原点からの証言と発言』証言１「戦争・原爆は人間のしわざです」――あるカトリック信者の被爆証言――（二〇〇二年　長崎平和研究）
「潮」《大量虐殺から生き残った朝鮮人と日本人一〇〇人の証言「片岡ツヨ　悪夢の二七年間」》（一九七二年七月特大号　潮出版社）
ＮＨＫ長崎　原爆１００人の証言③（二〇〇八年四月四日放送）

あとがき

今回、取材のために、幾度か長崎を訪れ、市内を南北に走る路面電車を利用した。長崎駅前から平和公園まで七つの電停があり、駅名を告げるアナウンスが流れるたびに、どこかで聞いたようだなと思う。八千代町、宝町、銭座町、茂里町……、それは、目を皿のようにして見た「原爆被災地復元区域図」に記されている町の名前だった。電車はやがて平和公園に到着する。七五年前、ここに原子爆弾が落とされた。

私が訪れる日は決まって晴天だ。雲を寄せつけない青空が広がっている。広い公園に人影は少ない。片隅に置かれたベンチには、男子高校生が二人。何を話しているのだろうか。少し離れたベンチに坐って、ぼんやりと空を見つめた。

津代さんが生きた長崎は、いつも静かで思索的だ。けれど、なにかを訴えている。

今年は、「核なき世界」に向けて大きな動きがあった。国連で核兵器禁止条約が批准され、来年の一月に発効することが決まったのだ。二〇二一年一月は、津代さんが生まれてちょうど一〇〇年目にあたる。その年に「核兵器禁止条約」を発効することに、不思議な力を感じてしまう。津代さんの祈りが通じたのだろうか。

津代さんの生涯を見つめる時、いつもキリスト教の壁が私の前に立ちはだかった。厚くて高い壁だ。すぐ近くの浦上教会からは鐘の音が聞こえて来る。私は青空を見つめたままため息をつく。

それでも、津代さんから学んだことがある。「嘘をつかない」こと。シンプルだが、そんな姿勢が津代さんの誠実を育んだ。だから、津代さんから受けた感受はそのまま表現したつもりだ。お名前も、「ツヨ」ではなく、私がインタビューした時に教えて頂いた「津代」の漢字をそのまま使わせてもらった。「津代」の文字には、何代にもわたって浦上と筑後、二つの故郷に生きた信徒たちの篤い祈りが込められているように思える。

執筆にあたって、そのほとんどを教えて頂いた高名晶子さん、導きとも言える出会いによってお目にかかった片岡仁志神父。お二人には感謝の言葉を尽くせない。また、資料収集には「国立長崎原爆死没者追悼平和祈念館」の田中舞さん、「原爆資料館」図書室の町田葉月さんにお力添えを頂き、励まして頂いた。若い女性たちのエールが嬉しかった。

そして、このテーマを引き受けて頂き、貴重なアドバイスをくださった「未知谷」の飯島徹氏に心からお礼を申し上げる。また、編集実務担当の伊藤伸恵さんには、お手数ばかりをかけてしまった。お詫びの気持ちを込めつつ、「ありがとうございました」。

馬場明子

二〇二〇年十一月

ばば あきこ

1973年県立福岡女子大学卒業後、テレビ西日本入社。アナウンサーを経て制作部ディレクターに。「螢の木」で芸術選奨新人賞受賞。他に、炭坑を舞台にした「コールマインタワー～ある立て坑の物語～」、チェルノブイリを取材した「サマショール」など、ドキュメンタリーを数多く手がける。著書に『螢の木』『筑豊　伊加利立坑物語』『蚕の城』『加納光於と60年代美術』『誰も知らない特攻』（未知谷）がある。

傷ついたマリア

片岡津代さんの祈り

2020 年 12 月 25 日初版印刷
2021 年 1 月 15 日初版発行

著者　馬場明子
発行者　飯島徹
発行所　未知谷
東京都千代田区神田猿楽町 2 丁目 5-9　〒 101-0064
Tel. 03-5281-3751 / Fax. 03-5281-3752
［振替］ 00130-4-653627

組版　柏木薫
印刷所　ディグ
製本所　牧製本

Publisher Michitani Co, Ltd., Tokyo
Printed in Japan
ISBN 978-4-89642-629-8　C0095